Hannelore Friesen


# Angelos mysteriöser

# Talisman

# Hannelore Friesen

# Angelos mysteriöser Talisman

**Katzenkrimi**

Verlag und Druck:

**BoD – Books on Demand**

Norderstedt

**Bibliographische Information der Deutschen Nationalbibliothek**

Die deutsche Nationalbibliothek verzeichnet diese Publikation in der deutschen Nationalbibliographie; detaillierte bibliographische Daten sind im Internet über http:\\dnd.d-db.de abrufbar.

Herstellung und Verlag:
BoD - Books on Demand, Norderstedt
www.bod.de

ISBN Nr.:  9783756808861

1. Auflage © 2022
Umschlaggestaltung: Hannelore Friesen
Bildnachweis: Hannelore Friesen
Sämtliche Rechte vorbehalten
Printed in Germany

9 783756 808861

## Lindas Problem

Angelo relaxte auf dem gemütlichen Fensterbrett im Wohnzimmer. Er genoss die Wärme der Heizung, die sich von der Bauchseite aus über seinen ganzen Körper ausbreitete. Behaglich streckte er sich und betrachtete den Garten. Herrlich, dieses Flockengewirbel, das alles im weiten Umkreis in strahlendes Weiß hüllte.

"Nichts ist besser an so einem kalten Wintertag, als eine ordentliche Ladung Schnee vom Himmel,", brummte er, "es ist zum Pfote schütteln. Wenn es draußen nur nicht so kalt und nass wäre, könnte man..." Schon kam ihm eine zündende Idee. "Wir machen aus so einem Langweilertag für Fellnasen ein Fest. Ja, etwas ganz Besonderes, das unsere Aufmerksamkeit schärft. Das muss ich gleich mal mit meinen Kumpanen besprechen. Mal sehen, wie Flitzi, Rubi und Beauty das finden.

Zuerst muss ich nach meiner süßen Cyndi sehen. Sie ist recht sonderbar geworden."

Angelo erhob sich von seinem warmen Lager und lugte ins Katzenzimmer. Cyndi lag auf einer weichen Flauschdecke und schlief. Sie wirkte unschuldig, wie sie so dalag. Jetzt regte sich sein Liebchen.

"Oh, du bist es. Hast du mir die Sonne mitgebracht?"

Er stupste ein paarmal liebevoll gegen ihre Stirn und begann zu schnurren.

"Heute gibt's keine Sonne, nur Schnee. Recht hübsch anzusehen, meine Schöne."

"Ooch Schnee, das kenne ich nicht. Ich will nur meine Sonne zurück haben, die Sonne die ich auf meiner Insel so gern hatte. Nur die Sonne will ich", maulte Cyndi, "nur die Sonne."

"Heute nicht", erklärte Angelo, "aber vielleicht morgen. Dann wird der Schnee, wenn sie darauf scheint, glitzern wie

Diamanten."

Cyndi leckte sich ihre Pfote.

"Ich will keine Diamanten. Nur Sonne."

Angelos Liebste rollte sich zusammen und äugte ihn traurig an.

Er machte sich Sorgen um Cyndi. In letzter Zeit war sie oft schlecht gelaunt. Entweder hat sie Heimweh nach Mallorca, oder sie ist schwanger, sinnierte er. "Bin bald zurück", rief er ihr zu, raffte sich auf und eilte nach draußen, um sich mit seinen Kumpanen zu treffen, die sich seit kurzem "Die Schneeflockenbande" nannten.

Cyndi schaute Angelo traurig hinterher. Sie fühlte sich enttäuscht und vernachlässigt. Außerdem ging es ihr nicht gut. Ihr war übel. Kurze Zeit später spitzte sie die Ohren und lauschte. Es klingelte an Susans Haustür. Ihre Müdigkeit war plötzlich verflogen. Wer mochte da wohl zu Besuch sein? Sie pirschte sich heran und erkannte

Linda, die einen kalten Windstoß mit herein brachte, und eine Ladung Schnee, die sich auf dem Fußboden sofort in Nässe verwandelte.

"Linus ist nicht zu Hause.", erklärte sie seiner Freundin, die inzwischen schon wegen Hildegard auch ihre Freundin geworden war, "Ich habe gerade einen frischen Kaffee gemacht."

"Schön.", meinte Linda und zog sich umständlich den dicken Mantel aus, "Ich – ich weiß nicht, wie ich anfangen soll, es dir zu erklären. Ich hab ein Anliegen an dich. Kann – kann ich wohl mal heute Nacht bei dir schlafen", stotterte sie, "und - und ich habe auch Hildegard mitgebracht, mit dem Fritzchen zusammen. Geht das in Ordnung?"

"Klar." Susan goss für Linda heißen Kaffee in einen großen Porzellanbecher. "Nun sag mir doch mal um was es überhaupt geht, und warum du so durch den Wind bist."

Linda, die sich gerade gesetzt hatte, sprang nervös auf. Ihr Kaffee schwappte über. Das heiße Getränk benetzte ihre Finger, doch sie spürte den Schmerz kaum. "Himmel, im Flur steht ja noch der Käfig mit den Miezen!"

"Warte, ich hole sie gleich in die Küche.", rief Susan geschäftig. Linda setzte sich erneut und nahm einen großen Schluck Kaffee. "Tut gut. Schön heiß.", bemerkte sie.

Klopfenden Herzens lauschte Cyndi, die sich draußen in einer dunklen Nische versteckt hatte. Hildegard roch ihre Anwesenheit und fauchte, worauf sich Cyndi ins Katzenzimmer verzog.

"Ich versteh nicht, was in Hildegard gefahren ist.", rief Linda, stürzte auf den Käfig zu, öffnete ihn und das rote Fellknäuel sprang sofort heraus, während das kleine Fritzchen zögernd vor dem Einschlupf verharrte und auf dem glatten Küchenboden nach einer interessanten Spur schnupperte.

"Und was ist denn nun mit dir? Du hast doch ein so schönes Zuhause. Warum willst du dann bei mir schlafen?"

"Na du weißt, der Wald hinter dem Haus. Manchmal finde ich das alles ganz gruselig. Ich habe Angst."

"Ich glaubte, du hast seit längerem einen festen Freund, den Benji. Der kann dich doch beschützen, oder?"

Linda strich sich eine blonde Strähne aus dem Gesicht und schaute Susan mit großen Augen an. "Beschützen?" Sie holte tief Luft. "Es fällt mir schwer, darüber zu reden. Benji wird mir immer unheimlicher. Darum brauche ich einfach mal Abstand von ihm, seitdem er bei mir wohnt. Ich möchte ihn aber deswegen nicht einfach rausschmeißen. Oder?" Sie schaute gedankenvoll durch Hildi hindurch, als die Rote die Küche verließ, während das kleine Fritzchen noch immer vor dem leeren Käfig hockte und es sich gemütlich machte. "Sicher ist es gut für dich, wenn du heute mal bei uns bleibst und auf andere Gedanken kommst. Vielleicht würde dir ein Glas Wein zur Entspannung gut tun. Was meinst du?"

"Gute Idee. Die Katzen werden sich selbst beschäftigen, denke ich. Hildegard kennt sich ja hier aus. Schließlich hat sie früher bei euch gelebt."

"Vielleicht solltest du in Zukunft mehr auf dein Bauchgefühl hören.", meinte Susan, die Linda eigentlich mit dieser Bemerkung zum Reden bringen wollte, aber Linda lachte nur. "Bauchgefühl ist gut."

Inzwischen war Hildegard im Katzenzimmer angekommen, wo Cyndi auf der Fensterbank saß und sich streckte. Sie schaute in die Helligkeit nach draußen. Die Sonne hatte sich durch die Wolken gestohlen und beschien Cyndi, die gerade freudig schnurren wollte. Sie erstarrte, als sie Hildegard gewahr wurde.

"Verschwinde aus meinem Zimmer.", fauchte Cyndi,

"Alles was du hier siehst, gehört dir nicht. Das ist meins!"

Hildegard trat näher und schüttelte die Pfote.

"Nein, das hier ist mein Zimmer. Das muss dir ja wohl mal gesagt werden. Ich war nur eine Weile abwesend, wegen Fritzchen. Und der Sonnenplatz da, der gehört mir auch. Fort mit dir. Du warst lange genug bei Angelo, meinem Liebling. Jetzt reicht es. Am besten verschwindest du gleich, bevor er zurück kommt. Sonst gibt es so richtig Ärger." Sie sprang auf Cyndi zu und schlug ihr mit der Pfote ins Gesicht. Cyndi wich zurück. "Blöde Ziege!", fauchte sie und sprang vom Fensterbrett. Hildegard war hinter ihr, erwischte ihr Bein und biss zu. Es zwickte fürchterlich. Cyndi riß sich los und raste wie besessen die Treppe hinunter, und dann in die Kellerräume. Dort gab es einen Ausgang den alle Katzen im Haus kannten, ihn aber nur gelegentlich benutzten, weil häufig ein Stapel Holz davor lag. Heute konnte man von dort aus gut nach draußen gelangen. Als Cyndi sich entfernte, stieg ihr Hildegard nach und verfolgte sie in gebührendem Abstand.

*

Es begann dunkel zu werden und hatte aufgehört zu schneien. Die Luft kühlte sich zum Abend ab. Es wurde Zeit, nach Hause zu gehen. Cyndi und das warme Plätzchen im Katzenzimmer, das lockte Angelo.

Außerdem, ein paar leckere Happen zum Essen waren auch nicht zu verachten. Die Schneeflockenbande war von einem Fest, das demnächst stattfinden sollte, nicht abgeneigt. Auch hatten alle das Fangen der Schneeflocken trainiert.

Angelo fand die weiße Beauty mit ihrem langen Flauschhaar besonders fotogen, während sie versuchte, eine dicke Flocke zu fangen. Lilli, ihre Dosenöffnerin, bannte häufig Beautys Bild auf ihr Smartphone. Sie war einfach süß, diese Beauty, aber seine Cyndi musste wohl mit ihrer schwarz glänzenden Mähne noch viel schöner im weißen Schnee anzusehen sein. Er überlegte, wie er sie dazu überreden konnte, mit ihr zur Schneeflockenbande zu laufen. Plötzlich sehnte er sich nach Cyndis Geruch und ihrer Anwesenheit.

Er rannte schneller. Ohne sie fand er das Spiel denn doch nicht so schön. Vielleicht lag es an seiner Laune, die nicht bestens war. Dennoch hatten alle so lange geübt, bis der Schneefall aufhörte. Besonders intelligent hatte sich Flitzi, ein flinker schwarz-weißer Kater mit weißem Sabberlatz am Hals, angestellt. Angelo kannte Flitzi von allen Fellnasen in weiter Umgebung am längsten. Daher wusste er über seinen Freund mehr als von den anderen. Flitzi wohnte in einer großen Villa, nicht weit von hier, wenn man gut zu Fuß war. Sein Herrchen war streng zu ihm, und er musste ihm sogar manchmal gehorchen. Auch hatte sein Dosenöffner einen zweifelhaften Beruf, sagte man, aber Flitzi war das egal, so lange er nicht vergaß, dass sein Kater auch nur ein hungriges Wesen war … und manchmal brachte Angelo seinem Freund auch einen guten Happen mit.

Angelo wollte heute ganz besonders nett

zu Cyndi sein, damit sie wieder glücklich war, das nahm er sich vor. Er hockte eine Weile vor dem Eingang des Hauses, dann bequemte er sich, den Einschlupf durch die Kellergänge zu nehmen und schüttelte sich die Nässe aus dem Fell. Laute Stimmen kamen aus Susans Wohnzimmer. Sie hatte Besuch. Ach so, diese Linda war gekommen. Na ja, da wollte er nicht stören. Besser er ging erst mal zu Cyndi. Cyndi war nicht da. Komisch, wohin sollte sie wohl gegangen sein an diesem kalten Abend. Hastig rannte Angelo hinunter in die Küche, deren Tür ein wenig offen stand und entdeckte Lindas mitgebrachten Käfig. Der kleine Fritz lag darin und schlief. Von dort konnte man sein leises Schnarchen vernehmen. Die ganze Sache war ziemlich ungewöhnlich. Angelo entschied sich nun doch für das Wohnzimmer. Hier saßen in angeregter Unterhaltung seine Susan und

Linda mit geröteten Wangen. Sie schienen gut gelaunt. "Wo ist Cyndi hingegangen", fragte Angelo, "sag mir, wohin." Er schaute seiner Susan treuherzig in die Augen.

"Ist er nicht süß?", rief Susan, aber sie verstand nicht, was er wollte. "Ach, sicher hast du Hunger. Warte, wir gehen in die Küche zu deinem Fressnapf. Ich gebe dir was Schönes."

Angelos tiefgründiger Blick berührte ihr Innerstes. Während sie seinen Fressnapf mit leckerem Hähnchenfleisch füllte, schlich er langsam näher. Bevor er von der Mahlzeit nahm, war da wieder dieser rätselhafte Ausdruck in seinen Augen.

Susan strich sich eine widerspenstige Haarlocke aus der Stirn, als sie sich vom Boden erhob. Sie entschied sich, ins Katzenzimmer zu gehen und nach Cyndi und Hildegard Ausschau zu halten. Darauf stellte sie fest, dass sich im Katzenzimmer niemand aufhielt, und auch nicht in den unteren Räumen. Linus hatte vorweg angekündigt, dass es heute spät werden würde, und er war ebenfalls nicht zu erreichen.

Nachdenklich kehrte Susan zu Linda zurück. "Ich frage mich, wo sich Hildegard herrumtreibt. Außerdem ist auch Cyndi entgegen ihrer Gewohnheit verschwunden."

Linda schreckte hoch und riss die Augen auf. "Ach so, ich denke dass beide vielleicht zu meinem Haus unterwegs sind. Schließlich ist das für Hildegard seit längerem eine vertraute Umgebung."

"Mag sein, aber nicht für Cyndi. Sie ist bequem geworden. Um diese Zeit geht sie meist nicht mehr nach draußen in die Kälte."

Linda, die sich längst beruhigt hatte, hob ihren Weinkelch und trank den Rest der roten Flüssigkeit aus.

"Sie werden schon wiederkommen.", erklärte sie zuversichtlich und kuschelte sich in die warme Decke, die ihr Susan gab. Sie erntete einen skeptischen Blick. "Ich habe das Gefühl, irgendwas stimmt nicht im Hause. Das beunruhigt mich sehr."

Es dauerte, bis Linus nach Hause kam. Nach seinem Treffen mit Freunden war er leicht angesäuselt und hatte gute Laune. "Ich bringe euch Hildegard mit", erklärte er. In der Küche bekam Angelos alte Freundin erst einmal etwas zum Kauen. Das nahm sie gern, weil sie Hunger mitbrachte. Fritzchen gesellte sich inzwischen zu ihr und fraß aus ihrem Napf, was sie geschehen ließ. Danach putzte sich die Rote gründlich das Fell. Anschließend schlüpfte sie mit Fritzchen im Schlepptau ins Katzenzimmer. Angelo sah ihr verdutzt entgegen.

"Hallo mein Süßer.", rief sie freudig überrascht und stürzte auf Angelo zu. Sie liebkoste sanft seine Stirn.

"Endlich habe ich dich wieder für mich." Angelo schüttelte darauf missmutig die Pfote und wich vor ihr zurück.

"Da stimmt was nicht." schimpfte er, "Teufel! Cyndi ist fort. Sag mir, wo sie geblieben ist!"

"Cyndi hat es vorgezogen, dich zu verlassen", erklärte Hildegard mit raffiniertem Augenaufschlag, "und ich habe es gesehen. Es gefiel ihr nicht mehr bei dir. Aber jetzt bin ich ja hier. Und ich bin gern bei dir." Sie schaute auf Fritzchen, der ihr nachgelaufen war. "Und Fritzchen ist auch gern hier."

"Wir müssen Cyndi suchen.", erklärte Angelo, "Ich willl sie zurück haben. Und zwar sofort. Außerdem habe ich ihr nichts getan. Die Sache scheint mir ziemlich undurchsichtig zu sein. Kann ich dir überhaupt glauben?"

Hildegard plinkerte mit den Augen.

"Aber sicher. Ich habe dich doch gern. Ich lüge doch nicht. Außerdem ist es mir jetzt zu kalt draußen, um zu suchen. Sicher morgen. Morgen komme ich mit und wir suchen sie. Es ist jetzt viel zu gemütlich bei dir. Da möchte ich lieber kuscheln."

"Aber ich möchte nicht mit dir kuscheln. Ich will meine Cyndi zurück. Sie ist meine Frau und sie gehört zu mir."

"Mach doch was du willst", maulte Hildegard und zog das Fritzchen zu sich. Sie leckte ihm sorgfältig das Fell, bis es nass wurde. "Bleib hier, Angelo, bitte!", rief sie zwischendurch, "Ich verspreche dir, dass ich wirklich, ganz wirklich, morgen mitkomme und dein Liebchen suche. Nur nicht heute."

Angelo gab schließlich nach. Er hatte am

Tage so viel herumgetobt, dass er rechtschaffen müde in dieser kalten Winternacht war. Ihm fielen die Augen zu und dann träumte er:

Die Sonne schien grell vom Himmel. Cyndi schlenderte mit ihm am Strand von Mallorca entlang. Alles war schön. Doch dann war das Blut da, ein riesiger Fisch, voller Blut. Cyndi saß mit Angelo traut im Mondschein am Strand. Die Luft war lau und es wehte ein warmer Wind. Sie aßen den blutigen Fisch, und das Meer, es rauschte so schön dabei. Alles war gut, so wie damals am Meeresrand, als sie sich kennen lernten. Angelo gab seiner Liebsten seinen kleinen Talisman, eine kleine bunte Stoffmaus, die er schon so oft abgeleckt hatte, und hinein gebissen hatte er. Es war sein Geruch daran, und auch noch ein wenig Geschmack von der Hähnchensoße mit Naturstücken, seinem Lieblingsessen.

Cyndi drückte das Geschenk an sich und es berührte jäh ihr Herz. Angelo war selig und schaute Cyndi verliebt an.

Plötzlich waren da Schritte, erst leise, dann wurden sie lauter und tösend. Ein großer schwarzer Mensch tauchte plötzlich auf. Seine Silhouette zeichnete sich deutlich gegen den dunkelblauen Himmel ab. Cyndi zitterte und Angelo erschrak. Der schwarze Riese trat näher und griff nach unten. Er teilte Cyndi und ihn mittendurch. Jetzt riß er Cyndi fort und nahm sie mit sich. Angelos Liebste lag in seiner Pranke. Angelo konnte ihr nicht helfen. Er brüllte vor Schmerz um Cyndi wie ein Löwe. Niemand hörte ihn ...

Oder? Doch, Hildegard. Sie fürchtete sich.

"Was ist denn los", flüsterte sie erschrocken, doch Angelo antwortete nicht. Er brüllte erneut wie ein wildes Tier. Jetzt merkte er, daß er auf seinem Kratzbaum lag, und versuchte, Cyndi aus dem Traum zu ihm zu holen. Es gelang ihm nicht, sich noch einmal auf den Strand von Mallorca zu konzentrieren.

"Was ist", flüsterte Hildegard in die Stille hinein. "Nichts, nichts ist los. Schlaf weiter.", stöhne Angelo.

# Ein schrecklicher Fund

Als es draußen hell wurde, erhob sich Hildegard von ihrem warmen Nachtlager. Dabei achtete sie darauf, dass Fritzchen neben ihr nicht wach wurde. Bei dem was sie jetzt vor hatte, brauchte er nicht dabei zu sein. Er würde nur stören.

In Angelos Innerem läuteten Alarmglocken, als Hildegard aufstand und sich anschickte das Katzenzimmer zu verlassen. Hier ging was vor, das er unbedingt wissen mußte. Er war neugierig, wohin es seine alte Freundin zog.

Unten waren seine Leute wider Erwarten schon wach. Linus hatte heute einen Tag Urlaub. Er stand in der Küche und bediente die Kaffeemaschine. Es zischte, dann aber stieg der warme Duft des aromatischen Getränkes in die Nase. Angelo schüttelte die Pfote und stellte fest, dass ihm ein Hähnchenmenü lieber wäre.

Susan rannte im geblümten Nachthemd umher, und Linda lag, zugedeckt unter der bunten Wolldecke auf dem Sofa im Nebenraum und schnarchte.

Hildegard sah, daß die Näpfe leer waren. Sie hatte es eilig, und keine Lust darauf zu warten, daß Susan ihr etwas hinein tat. So schlüpfte sie weiter in den Flur und dann in den Kellergang. Angelo hielt sich geschickt in angemessener Entfernung. Es war durchaus nicht nötig, dass Hildegard ihn entdeckte. Sobald sie den Durchschlupf nach draußen passiert hatte, tat es ihr Angelo gleich und hielt sich in möglichst großem Abstand von ihr. Er war gespannt wo sie ihn hinführen würde. Insgeheim hoffte er, auf diese Weise seine Cyndi zu finden. Er wunderte sich über Hildegard, die wohl genau wußte, wohin sie laufen wollte. Sie nahm die ihr bekannte Route bis Lindas Zuhause. Der Schnee war verharscht von der Kälte der Nacht und der bedeckte Himmel verhieß noch mehr Weiß vom oben. Es gab zahlreiche Spuren ringsum, die aus Abdrücken menschlicher Schuhe und Tatzen tierischer Wesen bestanden. Die Schuhabdrücke führten weiter hinter dem  Anwesen in Richtung des Waldes. Angelo entdeckte sechs Spuren großer Füße und viele kleine, die von einer Katze stammen konnten. Da es des Nachts nicht mehr geschneit hatte, waren alle Spuren noch deutlich erkennbar.

Hildegard war nicht mehr zu sehen. Anglo folgte den Abdrücken im festen Boden. Er fühlte, daß hier etwas Gravierendes passiert war.

Am ersten Baum der Bewaldung hörten die Spuren auf. Der Boden Richtung Wald war schneeweiß und unangetastet. Etwas Dunkles war zu erkennen, das beim Näherkommen größer und größer wurde.

Da lag etwas. Viel dunkelgrünes Tuch, zwei lange Beine und – und ein Gesicht sah er. Ein Mensch, unbeweglich. Er lag da und trug einen Oberlippenbart. Darüber war alles blutig. Angelo sah schnell beiseite. Er hoffte, daß sein lieber Linus niemals so aussehen würde. Aber wer auch immer da lag, der wirkte **tot und blutig.**

Angelo wandte sich ab, weil seine Emotionen plötzlich da waren, und hinaus wollten.

**Ihm fiel der eklig blutige Fisch ein, den er letzte Nacht im Traum gesehen und mit Cyndi verspeist hatte.**

**Er trat näher und tippte den Leblosen an seine grüne Jacke.**

**Die Kälte spürte er fast körperlich, die das tote Wesen ausstrahlte, und ihn selbst gruselig anrührte.**

Sicher war hier ein Mord geschehen. Das war klar, wegen des vielen roten Saftes überall. Dann sah er die Maus. Seine Maus. Sie lag neben dem Kopf des Opfers und hatte einen dicken Blutfleck am Bauch.

Ja, das war seine Maus. Er hätte sie überall erkannt, seine dicke süße Stoffmaus. Und nun hatte sie einen verräterischen Blutfleck am Bauch und sah irgendwie zerzaust aus, als hätte jemand das Stofftier misshandelt. Als Cyndi bei ihm zu Hause einzog, hatte er ihr diesen Talisman, der an einem An-hänger bei ihr am Halsband hing, ge-schenkt. Wegen der ewigen Verbundenheit mit ihr und so. Angelo fühlte Sehnsucht aufkommen.

Er starrte auf den Boden und entdeckte, dass zwei große Spuren hier jäh endeten. Die waren von den Füßen des männlichen Opfers. Den anderen riesigen Schuh-abdrücken sah man an, dass sie den Weg zurück genommen hatten, den sie gekommen waren. Vielleicht die des

Täters. Außerdem waren da noch weitere Spuren im Schnee. Die von Cyndi? Sie führten in Richtung Haus, aber machten dann einen Bogen zum Stadtwald hin. In Angelo keimte die Hoffnung, dass Cyndi fort gelaufen war und noch lebte. Sie musste noch leben. Sie fehlte ihm so. Er schnupperte an seinem Maustalisman. Er roch nach Cyndi. Tief sog er die frische Luft durch seine Atemwege und nahm das wichtige Indiz ins Maul. Dabei wurde es ihm warm ums Herz. Er hielt es ganz fest und rannte zu Lindas Heim zurück. Hier traf er Hildegard. "Was machst du denn hier", fragte sie Angelo, "ich habe mich schon gewundert, daß Linus ums Haus läuft. Und jetzt du."

"Und was machst **du** hier? Und wo ist Linus denn", nuschelte er mit der Maus im Mund, dann ließ er sie in den Schnee fallen. "Und wo ist Cyndi", fragte er

Hildegard, "ich denke du weißt Bescheid darüber. Also, wo ist sie?" Er nahm seine Maus erneut in sein Maul.

"Weiß nicht. Sie ist nicht mehr da, wo sie vorher war. Ich habe sie seit gestern nicht mehr gesehen."

"Hast du sie eingesperrt, oder warum ist sie zu Hause nicht zu finden?"

"Na ja -", druckste Hildegard herum, "na ja, ich habe ihr nur nicht geholfen, als sie eingesperrt war – aber - ich habe sie jetzt nicht mehr gesehen, als ich sie gerade besuchen wollte. Sie ist fort."

Angelo ließ seine Stoffmaus erneut aus dem Mund fallen. Das zeugte von seiner großen Überraschung über Hildegards Geständnis.

"Teufel! Das - das - hätte ich nie von dir gedacht, dass - du sowas tust!"

"Ja, sie sollte weg. Du weißt schon, warum. Aber jetzt tut es mir leid. Wirklich. Ich will dir jetzt wirklich helfen, sie zu finden."

Angelo nahm seine Maus wieder auf und Hildegard stupste ihn in die Seite. "Sieh mal, da kommt Linus."

Linus blieb stehen, um zu verschnaufen. Sein Atem wurde in der Kälte zu Rauch. Jetzt entdeckte er die Fellnasen. "Was macht ihr denn hier vor Lindas Wohnhaus?", fragte er verdutzt, "Was läuft hier eigentlich?"

Er bekam keine Antwort, aber Angelo rannte zu ihm, fixierte ihn bedeutungsvoll mit seinen blauen Augen und ließ Cyndis Stoffmaus vor ihm fallen. Linus hob das Indiz auf und betrachtete es, als hielte er eine Lupe darüber. "Oh, ein Blutfleck. Ist das nicht Cyndis neuer Talisman? Damit ist was Besonderes passiert, Angelo. Stimmt das? Was ist passiert?" Angelo hörte nicht auf zu starren und Linus wusste Bescheid. "Dann man los. Zeig mir den Weg", forderte er Angelo auf, "Ich folge dir, mein Freund."

Angelo rannte voraus und Linus hatte Mühe, ihm nachzulaufen. Es fing leicht an zu schneien. Die Sonne wollte sich einen Weg frei machen, doch die frostigen Wolken hielten sie fest. Der Schnee knirschte unter ihren Füßen.

Schon hatten sie den ersten Baum am Wald erreicht. Der Mann lag noch immer so unbeweglich da, wie Angelo ihn verlassen hatte. Also mußte er wohl wirklich tot sein, fand er, und das Blut war noch überall, auf seinem Antlitz und ringsum im Schnee. Und schließlich hätte der Verletzte, wenn er noch lebte, sicherlich längst sein Gesicht gewaschen.

Linus blieb überrascht stehen, verharrte eine Weile, zog schließlich sein Smartphone heraus und sprach hinein. Für Angelo war die Sache klar. Sie mußten warten, bis die Polizei erschien. Und dann? Angelo wollte nicht irgendwann, sondern jetzt nach Cyndi suchen. Er stellte sich vor Linus hin und starrte ihm in die Augen. Er sollte ihm seine blutige Stoffmaus zurückgeben. Eigentlich war das ein Indizienbeweis, aber Angelo machte sich deswegen kein schlechtes Gewissen. Schließlich befand sich überall noch genug rote Flüssigkeit von dem Opfer, da wohl ganz sicher das Blut an der Maus nicht benötigt werden würde. Und was sollte er als Kater schon aussagen? Ihn verstand doch eh kein Fremder.

"Ich glaube, ich muss deine geliebte Stoffmaus noch behalten", sagte Linus, "wie gesagt, damit stimmt was nicht. Sie muss noch genauer untersucht werden; aber ich verspreche dir, dass du sie ganz bestimmt zurück bekommst", versuchte Linus seinem verstörten Freund zu erklären, "ich weiß doch, dass du daran hängst." Sein Flauschkater starrte ihm ungläubig in die Augen, doch Linus ließ sich nicht erweichen. "Er riecht doch vor allem nach Cyndi", maulte er, "und das tröstet mich, weil Cyndi nicht bei mir ist," aber Linus steckte das Indiz in seine Jackentasche. So ein Pech. Na ja, eigentlich hielt Linus was er versprach. Bisher hatte er wohl so gehandelt, deswegen hielt er auch so große Stücke auf ihn. Und so musste er sich wohl erst mal damit abfinden.

Angelo entdeckte Hildegard, die sich in angemessener Entfernung hinter dem Buschwerk versteckte. Wenn sie ihre Neugier befriedigt hatte, würde sie wohl auch das Weite suchen, aber darauf wollte er nicht warten. Er zog es vor, unmerklich vom Tatort zu verschwinden, bevor es ihm dort zu hektisch wurde. Das laute Martinshorn ging ihm auf die Nerven. So umkreiste er einige Tannen am Waldrand und machte einen Bogen in Richtung Stadtmitte. Cyndi konnte er jedoch nicht entdecken. So entschloss er sich, nach Hause zu laufen. Vielleicht saß sie ja längst wieder im Katzenzimmer und wartete auf ihn.

## Glück im Unglück

Cyndi lag mit geschlossenen Augen, aber sie schlief nicht. Ihr Herz schlug schneller und in ihrem Kopf schwirrten tausend Gedanken herum. Obwohl sie sich in dem großen Käfig bei den gutherzigen Fremden sicher glaubte, fühlte sie sich unwohl. Sie lebte ihr Unglück noch einmal nach, obwohl sie nie aufgehört hatte, daran zu denken. Zuerst hatte sie sich vor Hildegard versteckt. Cyndi war um das Gebäude herum gelaufen, hatte ganz unten einen Eingang entdeckt, und dann war sie in dem Haus gefangen, weil die alte Tür hinter ihr zugeschlagen war. Verzweifelt versuchte sie sich durch eine kleine Lücke im morschen Holz durchzubeißen, aber es gelang ihr nicht. Erschöpft verharrte sie in dem unwirtlichen Raum, in dem der Putz von den Wänden blätterte. Sie wartete, und zwischendurch schlief sie ein und wartete, dass etwas geschah. Ein Wunder vielleicht, das sie aus dieser Misere hinausbringen sollte.

Schritte waren zu hören, still wurde es zwischendurch, dann Stimmen, die sich heftig stritten. Die alte Holztür, die eingeschnappt war, wurde plötzlich aufgestoßen. Zwei Menschen, die sich heftig angriffen, stürzten herein und balgten sich.

Die Tür war jetzt verlockend weit offen. Cyndi nahm alle Kraft zusammen und rannte los. Die dunklen Männer sahen Cyndi nach draußen flitzen. Sie stürmten ihr nach. Einer von ihnen hatte ein Messer. Cyndi erstarrte, als sie das sah, und vergaß fort zu laufen. Jetzt besann sie sich, rannte hinaus und nahm den Weg in Richtung Stadtwald.

Die Männer waren groß und stark, und sie war ein kleines schwaches Kätzchen. Sie mußte kurz vor den Bäumen verschnaufen und hockte auf dem verharschten Schnee.

Das Messer blitzte in der Sonne, als der Finstere zustach. Der Bärtige fiel um wie ein Baum. Er ruderte mit den Armen, erreichte Cyndis Körper und riß ihr die kleine Stoffmaus vom Hals, die Angelo ihr aus Liebe geschenkt hatte. Der Angegriffene richtete sich trotz seiner Verletzung auf, versuchte sich mit den Händen abzustützen und zog etwas aus seiner Jackentasche. Er fingerte an Cyndis Talisman herum, der ihm dabei aus den Händen glitt. Schon war der Mann mit dem Messer über ihm und stach zu...

Cyndi konnte nicht mehr hinsehen. Es tat ihr weh, das zu erleben. Sie schluckte. Der Nacken schmerzte ihr bis ins Herz. Groß war die Panik, die sie befiel, als der ungeheuerliche Mensch mit dem Messer ihren Körper empor hob.

Sie nahm allen Mut zusammen und kratzte

dem Unhold mit der Pfote quer übers Gesicht. Der ließ Cyndi jäh fallen. Sie rutschte auf dem gefrorenem Boden aus und fiel. Geschickt fing sie ihren Sturz ab und schlug einen Haken. Wie besessen raste sie davon, weiter, immer weiter...

Cyndi erkannte an dem regen Autoverkehr, dass sie sich jetzt an der Hauptstraße des Ortes befand. Umsichtig hielt sie sich auf dem Randstreifen, der sich gleich neben dem schmalen Gehweg befand. Er war total vom Schnee bedeckt. Wie ein Automat, noch von den Ereignissen erfüllt, rannte sie immer weiter, bis sie irgendwo am Straßenrand vor Erschöpfung liegen blieb. Außer den fahrenden Autos war weit und breit kein Lebewesen zu sehen. So lag Cyndi eine ganze Weile. Als sie zu sich kam, überlegte sie, wohin sie wohl gehen könnte. Schließlich hatte ihr Hildegard klar gemacht, dass sie selbst den Platz neben

Angelo beanspruchte. Und Mallorca war zu weit, um dort hin zu laufen. Was sollte sie tun? Um sie herum wurde es zusehends dunkler. Während sie am Boden lag, spürte sie die Kälte durch ihr Fell empor kriechen. Sie sehnte sich nach ihrem warmen Zuhause bei Angelo.

Jetzt hielt ein Wagen. Scheinwerfer erfassten Cyndis kleinen Körper, eine Autotür wurde geöffnet. Ein menschliches Wesen stieg aus. Es trug einen blonden Schweif, der bis in den Nacken hing. Große Augen mit wachem Blick waren auf sie gerichtet. Cyndi stellte sich erst mal tot.

"Was machst du kleines Miezchen hier bei dieser Kälte? Hast du dich verlaufen, oder?" Jetzt wurde Cyndi hoch gehoben. Sie fügte sich willenlos in den Armen des weiblichen Wesens. Es legte Cyndi in den mitgebrachten Käfig und stellte ihn in das Auto, in dem es warm war. Der Motor brummte. Das Brummen gefiel Cyndi. Es klang wie „Alles ist in Ordnung. Alles ist gut.". Sie atmete tief durch und wurde langsam ruhiger. Auch wenn ihr Zuhause noch weit fort war, fühlte sie im Herzen, dass sie dem Unglück entronnen war.

## Ungewissheit

Linus war noch nicht zurück und Susan beglückte Angelo mit einem guten Essen, das sie ihm in die Küche stellte. Kaum hatte Angelo seine kostbare Mahlzeit hinunter geschlungen, als es an der Haustür schellte. Zwei uniformierte Polizisten erschienen am Eingang. Sie fragten nach Linda, die im Wohnzimmer saß und das kleine Fritzchen kraulte. Sie erhob sich sofort und kam in den Flur. "Was ist los?" "Bitte kommen Sie mit und begleiten Sie uns. Wir haben ein paar Fragen an Sie. Es wird nicht lange dauern."

Irritiert folgte Linda den Beamten, die ihr vor Ort weiter keine präzisen Auskünfte gaben. "Ich bin bald wieder bei euch.", rief Linda und zog sich ihren warmen Mantel über. Schon war sie fort. Susan blieb irritiert zurück, bis Linus nach Hause kam und die Aufregung perfekt machte.

"Es ist mir unverständlich, warum die Polizei ausgerechnet Linda mitgenommen hat.", beschwerte sie sich bei Linus, "Schließlich kann sie doch niemandem ein Haar krümmen. Wo sie sich doch im Tierheim so rührend um die vielen heimatlosen Kreaturen kümmert und Hildegard und das Fritzchen so fürsorglich bemuttert."

"Wir haben einen Toten gefunden.", erklärte Linus, der sich seinen Mantel auszog und die Hände rieb. "Schön warm hier. Das merkt man erst, wenn man mal draußen war.", meinte er, "Aber es soll ja einen Wetterumschwung geben."

"Waaas? Einen Toten? Wo habt ihr ihn gefunden?", stotterte Susan,

"Sag mir, wo habt ihr ihn gefunden?"

„Bei Linda hinter dem Haus, in Richtung Wald lag der Tote."

„O Gott, sie hat doch sicher nichts damit zu tun. Immerhin hat sie seit gestern Schwierigkeiten mit Benji. Darum wollte sie nicht bei sich zu Hause bleiben. Möglich, vielleicht deswegen. Oh, das ist schrecklich."

„Lindas Probleme müssen nicht unbedingt mit dem Getöteten zu tun haben. Sicher kommt sie bald zu uns zurück, weil sich ihre Beteiligung an der Sache als Irrtum erweist," bemerkte Linus, „Immerhin ist es rätselhaft, dass die Untat so nahe an ihrem Grundstück geschah."

"Was ist das heute nur für ein verrückter Tag.", schimpfte Susan, "Und unsere Cyndi ist auch noch nicht wieder aufge-taucht. Wo sollte sie denn hin sein bei diesem Wetter. Hoffentlich ist sie nicht fort gelaufen und findet nun nicht mehr nach Hause. Was können wir tun?"

"Es soll vorkommen, dass manche Katzen,

wenn sie schwanger werden, von zu Hause fort laufen, sich verkriechen und heimlich ihre Jungen zur Welt bringen, um sie vor Gefahren zu bewahren. Irgendwann tauchen sie dann wieder mit ihren Kindern auf", sinnierte Linus.

Susan lachte. "Na du erzählst ja heute Storys. Sowas kann ich mir bei Cyndi nicht vorstellen, obwohl ich schon den Eindruck hatte, sie könnte schwanger sein. Wir hätten sie wohl besser gleich als wir von Mallorca zurückkehrten, sterilisieren lassen sollen. Angelo hat sie doch zu lieb gehabt."

„Hinterher ist man immer schlauer." meinte Linus, „Immerhin haben wir im Moment nur Vermutungen. Morgen werden wir sicher mehr wissen. Am besten stellen wir jetzt erst mal was Gutes zum Essen auf den Tisch, damit wir auch nicht noch verhungern. Linda ist sicher sehr erfreut, wenn sie zurück kommt, und nimmt gern am Abendbrot teil."

*

Es war spät, als Linda völlig aufgelöst zurückkehrte. Ihre Augen waren vom Weinen gerötet. "Ich habe mich gefragt, ob ich es euch zumuten kann, jetzt noch zu stören.", sagte sie kleinlaut, als sie herein-kam, "Aber ich wollte heute Nacht wirklich nicht mehr in mein Haus zurück. Wie gut, dass ich in dieser Situation nicht allein bin. Ich brauche euch heute besonders."
Susan zog sie in die Küche, wo der Tisch für sie noch gedeckt war. "Nein Danke," sagte Linda, "ich werde keinen Happen hinunter bekommen. Es ist Benji, den sie draußen tot im Schnee gefunden haben. Himmel, wer tut denn sowas?", schluchzte sie.
"Es gibt Unholde auf der Welt. Man darf sich nicht mit ihnen einlassen", meinte

Linus, "und dein Benji hatte da wohl Pech."

Linda wischte sich übers Gesicht. "Ich denke auch, dass ein Freund oder Bekannter von Benji der Täter ist," sinnierte Linda, "Er hat manchmal eine Menge Leute mitgebracht. Meist war bei uns mehr los, wenn ich nicht zu Hause war. Möglich dass mich Benji in seine Geschichten nicht mit hineinziehen wollte."

"Im Nachhinein ist das ja auch wirklich besser so gewesen. Und wie gut, daß wir bezeugen können, daß du zur Tatzeit bei uns zu Besuch warst", erklärte Linus und holte drei Weingläser und eine Karaffe mit rotem Inhalt, "ich glaube, ein gutes Tröpfchen wird dir zur Nacht zu besserem Schlaf verhelfen."

"Aber sag mal, wie ist man denn auf dich gekommen. Du wurdest doch einfach von der Polizei abgeholt.", fragte Susan.

"Benji hatte wohl von mir irgendwelche Unterlagen in der Kleidung, und so hatten sie meine Adresse…" Bei Linda flossen die Tränen, während Susan ihr ein Päckchen Tücher gab und sie in ihre Arme nahm. "Ich danke euch sehr für alles.", sagte Linda, die auf das Sofa sank, "Wenn ich euch nicht hätte…", seufzte sie.

## Cyndis Überraschung

Am nächsten Morgen erschien Linda gefaßt in der Küche. Sie wirkte abgeklärt, aber man sah es ihren geschwollenen Augen an, das sie viel geweint hatte.

"Ich bin neugierig was du heute tun willst", sagte Susan, als sie Linda einen heißen Kaffee eingoß, "und was du dir für heute vorgenommen hast. Willst du zurück in dein Haus, oder noch eine Weile bei uns bleiben? Du kannst entscheiden. Bist du stark genug, deine gewohnte berufliche Tätigkeit wieder aufzunehmen?"

Linda schwieg eine Weile, nahm einen Schluck aus dem Kaffeebecher, und musterte Susan mit großen Augen.

"Der Toast ist gleich fertig, wenn du welchen möchtest.", erklärte ihr Susan, die sich bemühte, ihre Aufregung nicht zur Schau zu stellen. Sie hatte Angelo und Hildegard längst gefüttert, und die Abwesenheit Cyndis ging ihr sehr aufs Gemüt. "Ich könnte mir vorstellen, dass du nicht gleich zurück in deine alten Gewohnheiten willst. Linus ist heute schon früh berufsmäßig unterwegs. Das lenkt ihn sicher von unseren Problemen ab. Ich hoffe dass wir am Nachmittag noch genug Zeit für Dinge haben, die erledigt werden müssen."

Linda tat sich einen Toast auf den Teller und bediente sich umständlich mit Butter und Marmelade. "Ich habe mich verpflichtet, heute meine Arbeit im Tierheim wieder aufzunehmen", erklärte sie, "und das werde ich tun. Dann komme ich gleich auf andere Gedanken. Die herrenlosen Tiere brauchen uns genauso wie unsere zu Hause. Es wäre lieb, Susan, wenn du dich so lange um Hildi und Fritzchen kümmern könntest. Ich komme dann am Nachmittag zurück. "

*

Im Tierheim ging es wie immer sehr lebhaft zu. Gestern Nachmittag hatten sie einen neuen Gast bekommen, erzählte ihre Kollegin Florentine, außerdem wartete fremder Besuch auf Linda, der sich nicht abweisen lassen wollte. "Sieh zu, dass du ihn bald los wirst, wenn es nicht dringlich ist. Wir haben viel zu tun, wie immer.", sagte Florentine, "Außer uns beiden ist heute nur noch Lilli erreichbar."

Linda war es unangenehm, dass ein Fremder auf sie wartete. Sie konnte sich nicht erinnern, diesen Menschen schon einmal in ihrem Hause gesehen zu haben. Der Mann wirkte bieder, fast seriös in seinem eleganten dunkelgrauen Anzug. "Meyer", sagte er unverbindlich, erhob sich halb von seinem Sitz und nahm gleich wieder Platz. Eigentlich war hier Rauch-verbot, was ihm auch schon Florentine gesagt hatte, aber er schnippte seine Zigarette über den Fußboden aus und musterte Linda intensiv. Sie wandte sich zwischendurch ab und sortierte irgend-welche Papiere die dort herum lagen. Die aufdringliche Art dieses Mannes stieß sie ab. "Welchen Grund hat ihr Besuch hier im Tierheim? Und wenn Sie mich privat sprechen wollen, warum dann hier? Ich verstehe nicht…"

Er hatte einen kalten Blick. "Ich habe Sie zu Hause leider nicht erreicht. Wir kennen uns von Benji."

"Nicht, dass ich das wüsste."

"Sie sind Linda, nicht wahr, und Benji, mit dem sie zusammen sind, der schuldet mir noch was."

"Ich kann meinen Freund nicht mehr fragen.". Sie schluckte. "Er lebt nicht mehr."

"Ich weiß, ich weiß." antwortete ihr

Gegenüber geschäftig. Er steckte sich erneut eine Zigarette an und stieß den Rauch aus. Der Qualm biss in den Augen und Linda musste husten. "Ist hier nicht erlaubt, das Rauchen."

Der Fremde der sich "Meyer" nannte, überhörte Susans Bemerkung. "Dennoch hat Benji noch immer etwas, das er mir gestohlen hat. Das muss ich unbedingt zurück haben. Ich benötige es dringend."

"Und was soll das sein?"

"Kann ich nicht sagen. Am besten besuche ich Sie in ihrem Haus und hole mir das, was mir gehört. Ich will nichts von Ihnen, nur das zurück, was er mir fort genommen hat."

"Sagen Sie mir, was das wohl sein könnte, und ich werde mich danach zu Hause umsehen.", sagte Linda trocken. Es fiel ihr schwer, die Tränen zurück zu halten. Ihr Gegenüber lächelte sarkastisch.

"Ich glaube nicht, daß Sie das, was ich vermisse, in ihrem Heim offen auf dem Tisch liegen haben. Sie werden von mir hören, und zwar sehr bald."

Als der ungebetene Besucher fort war, atmete Linda wie befreit auf. Sie war heilfroh den Fremden endlich los zu sein. Indessen hatte Florentine die heimatlosen Hunde und Katzen gefüttert, was nur ein Teil dessen war, das jeden Tag getan werden musste, um den Tieren ein gesundes Zuhause zu bieten. Außerdem war da noch der Neuzugang, eine schwierige Mieze, die gestern aufgegriffen wurde, als alles noch draußen verschneit und vereist war. Heute stieg das Thermometer ständig in die Höhe und verhieß Tauwetter.
Florentine eilte geschäftig hin und her. Linda folgte ihr in den nächsten Raum, in dem die Fundkatzen von den anderen abgesondert wurden, um sich und und

andere zu schützen. Man konnte nie wissen, ob sie irgendwelche Krankheiten mitbrachten. Sie wurden vom Tierarzt untersucht, was bei dem neuen Fall noch nicht geschehen war. Immerhin war der Besuch des Doktors für heute vorgesehen.

Florentine nahm den Käfig und stellte ihn auf den Tisch. Sie streifte das Tuch ab und Linda schaute in Cyndis geheimnisvolle grüne Augen. "Ich kenne die kleine Süße da", rief Linda überrascht, "sag mal, wie kommt dieses niedliche Flauschmädchen hierher?"

"Lilli hat sie gestern am vereisten Straßenrand gefunden. Sie lag unbeweglich und hilflos dort. Deswegen ..."

Cyndi erkannte Linda, die ab und zu bei Linus und Susan zu Besuch gewesen war. Nun glaubte sie erst recht, dass alles was hier geschah, voll in Ordnung für sie war; denn Linda war nie böse zu ihr gewesen.

Dennoch ging es ihr miserabel. Jegliche Nahrung die man ihr anbot, lehnte sie ab, dabei fühlte sie sich dick und füllig. In ihrem Bauch spielte sich obendrein allerhand ab, was sie nicht definieren konnte.

"Ich versteh das nicht. Sie muss doch Hunger haben", protestierte Florentine, "obwohl – findest du nicht auch, dass sie trotz allem wohlgenährt ausschaut?"

"Du hast recht. Irgendwie wirkt sie kugelrund", bemerkte Linda, "das war mir früher nicht so aufgefallen. Wir nehmen sie mal aus dem Käfig. Was ist das? Sie ist unterwärts ganz nass! Hilfe, da stimmt was nicht !" Sanft faßte auch Florentine zu.

Cyndi maulte und beschwerte sich. Obendrein war sie total erschöpft. Sie äugte zu Linda und Florentine, die ihr helfen wollten. Sie würden nichts böses tun, das hatte sie im Gefühl. Etwas ging mit ihr vor, das sie im Moment nicht definieren konnte. Ein kleines Wesen lag da bei ihr auf dem feuchten Tuch, da noch eins und dann kam noch eins aus ihr heraus - von ihrem eigenen Fleisch und Blut und - von Angelo...

*

Linda konnte ihren Dienstschluss kaum erwarten. Sie wollte nicht telefonieren, sondern Susan und Linus die große Neuigkeit selbst erzählen. Bis dahin verrichtete sie all die Tätigkeiten die jeden Tag anfielen. Auch schriftliche Dinge gehörten dazu. Gestern Abend war die erste Registrierung von Cyndi mager ausgefallen. Schließlich gab es für Lilli zu diesem Zeitpunkt kaum etwas über Cyndi zu berichten. Die Fundtiere konnten weder ihr Geburtsdatum, noch ihre Herkunft nennen. Das sah in Cyndis Fall nun anders aus. Alles was Linda über Cyndi wußte, konnte nachgetragen werden. Inzwischen hatte auch der Tierarzt die neu geborenen Miezen begutachtet. Sie waren versorgt worden und alles lief gut an. Cyndi hatte den schönsten der größeren Käfige bekommen, der vorhanden war, lag mit ihren Babys eingekuschelt in Tüchern zusammen und sie schliefen alle, als Lindas Arbeit getan war. Florentine blieb zurück, die heute den längsten Dienst verrichtete, was bedeutete dass wenigstens eine Person für Notfälle anwesend war. Eine gute Entscheidung in diesen unruhigen Zeiten.

Draußen tropfte das Wasser von den Dächern. Die Straße war nur teilweise abgetaut. Linda konzentrierte sich ganz auf den unsicheren Gehweg bis zum Auto. Vorsicht war geboten, wenn man nicht fallen wollte. Plötzlich faßten von hinten zwei Hände zu. Sie griffen ihr an die Hüften, ein Gefühl, als hätten Schraubzwingen zugepackt. Es wurde glatt unter ihren Füßen, sie rutschte, wurde an den Armen empor gerissen, als sie schreien wollte. Jemand drückte ihr etwas auf den Mund und zerrte sie in ein Auto, wo sie ganz plötzlich ihr Bewußtsein verlor.

## Der Einbruch

Linus war längst zu Hause. Er und Susan warteten auf Linda, doch die ließ sich nicht blicken.

"Eigenartig", sinnierte Susan, "daß sie sich nicht meldet."

"Sicher hat sie es sich überlegt und ist doch gleich nach Hause gefahren.", meinte Linus.

Susan stellte die Teller zusammen. "Schade", sagte sie, "ich habe extra einen Nudelauflauf gemacht, weil ich nicht wußte, wann ihr kommt. So hätten wir alle zusammen essen können."

"Hat auch so gut geschmeckt, ohne Linda", meinte Linus schmunzelnd, "Immerhin haben wir ihr noch etwas davon übrig gelassen. Möglich dass sie noch kommt. Ich könnte ja mal bei ihr zu Hause anrufen. Vielleicht ist sie dort inzwischen angekommen."

"Gute Idee. Ich mache mir doch so langsam Sorgen nach allem was geschehen ist. Ich werde mal nach Angelo sehen. Der rührt sich heute kaum vom Fleck. Er sitzt den ganzen Tag im Katzenzimmer und wartet auf Cyndi. Sie ist noch immer nicht nach Hause gekommen."

Angelo lag in seiner Schlafhöhle und schlummerte tief und fest, während Hildegard auf dem Fensterbrett in der Sonne lag, die Vögel beobachtete und zusah, wie das Wasser vom Dach tropfte. Draußen triefte alles. Es taute mit Macht. Dementsprechend war es auch glatt auf den Gehwegen. Susan überlegte, ob sie mit Linus einen Ausflug zu Lindas Anwesen machen sollte, wo doch gerade zu Hause alles so friedlich war, und vielleicht würden sie ja unterwegs auch Cyndi finden.

Linus war mit Susans Vorschlag einverstanden, Linda aufzusuchen, denn er hatte sie telefonisch nicht erreicht. Auch im Tierheim hatte er sich erkundigt. Von dort war sie längst fort gegangen.

Zu Fuß war es nicht weit zu Linda, doch die Wege waren durch den tauenden Schnee, der sich in Wasser verflüchtigte, glatt. Außerdem wurde es jetzt, wo es auf den Abend zuging, wieder kälter. Die Temperatur fiel hier draußen auf die Nullgrenze. Susan hakte sich bei Linus unter und sie fühlte sich nun beim Laufen sicherer. Er drückte ihr obendrein noch einen Kuß auf. Wie gut das er bei ihr war; denn Lindas Haus wirkte in der Dämmerung auf Susan finster und un-heimlich. Nirgendwo brannte ein Licht. Die Bewohnerin schien nicht zu Hause zu sein. Trotz allem war Linus entschlossen, in das Gebäude zu gelangen. Er wußte im Moment nur nicht, wie er das anstellen wollte. Schließlich hatte er keinen Schlüssel zur Verfügung. Als sie dann vor der verschnörkelten braunen Holztür standen, stellten sie fest, dass sie weit offen stand, was ungewöhnlich für Linda war.

Das Treppenlicht im Flur flammte sofort auf, als sie eintraten. Auch in der Küche funktionierte die Beleuchtung. Hier sah alles akkurat und unbenutzt aus. "Vielleicht ist sie gar nicht hier", flüsterte Susan Linus zu, die von der herrschenden Stille bedrückt war. Er winkte ab und zeigte in die Höhe. "Lass uns da rauf gehen.", meinte er. Die Treppenstufen knarrten. Hier oben befand sich der Schalter gleich neben der Treppe. Jetzt wo alles hell war, sahen sie das Chaos. Es war offensichtlich, dass hier jemand etwas gesucht hatte. Alle Türen zum Flur waren geöffnet. Überall lagen Sachen herum. Im Wohnzimmer waren die Bücher aus dem

Regal gerissen worden.

Eine verkrümmte Gestalt in blauer Hose und grauer Jacke lag auf dem roten Flauschboden zwischen den ramponierten Büchern.

"Oh Himmel, da ist sie!" , rief Susan aufgeregt. Linus beugte sich zu Linda hinab. "Sie ist ohne Bewußtsein." Er untersuchte ihren linken Arm, auf dem eine größere Wunde zu sehen war. "Sie ist verletzt, aber sie lebt. Es ist gut, daß sie gleichmäßig atmet. Wir rufen sofort die Rettung."

In dem Durcheinander, das ringsum herrschte, warteten sie auf den Rettungsdienst. Sie saßen bei Linda, die sich bislang nicht gerührt hatte. Die Polizei erschien zuerst vor Ort. Scheinwerfer waren im Einsatz, und das Martinshorn tönte bis zum Haus hinauf. Endlich trafen auch die Sanitäter ein. Linus war draußen und wies die Leute ein, während Susan Lindas Hand hielt, bis der Notarzt bei ihr war. Sie trat beiseite, um Platz zu machen, blieb aber beharrlich in der Nähe ihrer verletzen Freundin.

Susan begleitete sie, als man Linda die Treppen hinunter nach draußen beförderte. Vor dem Rettungswagen verharrte sie bei Linda und sah, daß ihre Freundin plötzlich die Augen öffnete. Sie hielt ihr Ohr so nahe wie möglich zu Linda gebeugt, die flüsterte: "Cyndi, Cyndi hat…" Ihre Augen schlossen sich gleich wieder. Nun war sie nicht mehr ansprechbar. Susan strich ihr über die Hand. Ihre Finger erreichten Lindas nackten Arm. Sie zuckte zusammen, als man sie fortnahm und in den Wagen schob. Die Türen schlugen zu, und schon raste der Rettungswagen mit Blaulicht in Richtung der Klinik davon.

"Natürlich folgen wir ins Krankenhaus so

schnell es geht, um zu erfahren wie es um Linda steht.", erklärte Linus, "Die Polizei wird das Haus verschließen, wenn sie sich genügend umgesehen hat. Oder meinst du, wir sollten hierbleiben und warten bis der Täter sich noch mal blicken läßt?"

"Ich denke man hat noch Fragen an uns.", sagte Susan, die das letzte Geschehen mitgenommen hatte. "Da Linda erstmal aus der Gefahrenzone raus ist, haben unsere Auskünfte vielleicht auch bis morgen Zeit. Was meinst du?"

"Kann sein, aber sieh mal, da kommt Kommissar Hiller gerade. Ich glaube, wir müssen doch noch einen Moment bleiben.", rief Linus ihr zu. So saßen sie in der exakt aufgeräumten Küche, in der nichts darauf hinwies, dass sich hier ein Fremder aufgehalten hatte, geschweige denn, das er Spuren hinterließ.

Kommissar Hiller, ein alter Freund von

Linus verstorbenem Vater, kannte ihn schon seit seiner Kindheit. So war von vornherein gleich ein gewisses Vertrauen zwischen ihnen vorhanden.

"Linda wollte uns nach dem Dienst besuchen. Das war so mit ihr ausgemacht. Wir hörten nichts von ihr und so machten wir uns Gedanken. Ihre Haustür stand weit offen und wir wollten nachsehen, ob bei ihr alles in Ordnung ist, nach all dem was vorher geschehen war. So kam es, dass wir sie in ihren Räumen in dem jetzigen Zustand fanden. Wahrscheinlich wäre es nicht so schnell aufgefallen, daß hier etwas mit ihr passiert ist", meinte Linus, "wenn wir bei ihr nicht nachgeschaut hätten. Mehr können wir nicht dazu sagen. Alles andere habe ich schon gestern beim Protokoll angegeben, als Angelo und ich die Leiche fanden. Vielleicht können Sie mir noch verraten, wann ich die kleine ruppige Stoffmaus von Angelo zurück bekomme. Das ist sein Glücksbringer. Er hängt sehr daran."

Kommissar Hiller, der sich Notizen machte, rückte seine Brille etwas zurecht. "Oh, das wird noch so lange dauern, bis die Untersuchungen abgeschlossen sind. Dieser Talisman ihres Katers ist ein sehr sehr interessantes Indiz. Wir haben wichtige DNA darauf gefunden. Vielleicht komme ich mal bei euch demnächst zum Kaffee und bringe eurem kleinen Satansbraten das Teil eigenhändig zurück." Linus verzog den Mund zu einem gequälten Lächeln. "Gute Idee. Sie kennen ja unsere Adresse."

Linus und Susan verließen das spektakuläre Haus, bevor die Polizei mit der Arbeit fertig war. Sie fuhren sofort zum Krankenhaus, um zu erfahren, wie es Linda ging. Möglich, dass sie inzwischen erwacht war und mit ihnen reden konnte.

Während sie im Vorflur der Klinik verharrten, schwiegen beide, bis sich Susan an den eigenartigen Vorfall erinnerte, bevor Linda im Krankenwagen abtransportiert wurde. "Seltsam war das, als Linda für kurze Zeit wach wurde. Sie flüsterte mir etwas zu. Da hatte sie ihre Augen für kurze Zeit geöffnet. Sie sagte plötzlich sowas wie "Cyndi, Cyndi", worauf sie glich wieder schlief. Warum sollte Cyndi für sie so relevant sein, dass sie gerade da ihren Namen erwähnte, und nicht Hildegard oder Fritzchen?"

"Das ist eigenartig. Cyndi hat doch nichts mit dem Überfall zu tun.", überlegte Linus, "Außerdem vermissen wir sie seit längerem. Da erkenne ich keinen Zusammenhang zwischen dem Überfall auf sie und unseren Miezen. Wahrscheinlich war Linda als sie das sagte, ein wenig verwirrt."

"Kann sein, aber komisch ist das schon", bemerkte Susan, "Vielleicht fragen wir mal nach, ob wir jetzt zu Linda hinein dürfen."

"Der Doktor winkte ab. "Das wird wohl heute nichts damit. Sie ist immer noch ohne Bewußtsein. Kommen Sie morgen wieder. Dann kann man sicher schon mehr sagen."

## Angelos Traum

Die Katzen waren längst wach und begrüßten Susan und Linus Ankunft so freudig, als ob sie für Wochen fort gewesen wären. Schließlich war doch ihre kleine Welt im Moment ein wenig durcheinander geraten. Hildegard vermißte Linda. Sie wäre normalerweise mit ihr und Fritzchen nach Hause gefahren, obwohl man bei den Menschen nicht immer voraussetzen konnte, daß sie das taten, was sie vorher planten. Angelo vermisste seine Cyndi noch mehr, und auch sie kam nicht an Land. Obwohl nun Susan und Linus wieder Daheim waren, hatten sie niemanden der Herbeigesehnten mitgebracht.

Außerdem waren alle Fressnäpfe leer und mußten aufgefüllt werden. Das tat Susan zuerst. Danach brühte sie Tee auf, dann leistete Linus entgegen seiner Gewohnheit ihr in der Küche Gesellschaft. Normalerweise verbrachte er viel Zeit an seinem PC, mit dem er sein Geld verdiente. Er schaute Angelo zu, der sein Essen hinunter schlang und sich dann unter Susans Stuhl setzte.

Hildegard war viel zu neugierig, um gleich wieder ins Katzenzimmer zurück zu gehen. Ihr kleiner Genosse Fritzchen setzte sich in ihre Nähe und wartete auf die Dinge, die da kommen wollten. Inzwischen putzte er sorgsam sein Fell.

"Unsere Miezen sind heute sehr anhänglich.", bemerkte Linus, "Ich möchte wissen, was sie so denken. Ob sie unsere Sprache verstehen?"

"Klar doch. Wir verstehen eine ganze Menge.", brummte Angelo unter dem Stuhl, "Eine ganze Menge. Und ich möchte zu gern wissen, was heute so abgeht." Auch er begann sich zu putzen, denn das Essen war vorzüglich gewesen. Seine

Susan wußte immer, was er mochte. Er war eben der Herr im Haus, obwohl - auch Linus ganz passabel war. Angelo hatte jedenfalls im Moment an seiner Familie nichts auszusetzen, nur Cyndi vermisste er zusehends.

"Was ist nur mit unseren Miezen los. Sie belagern uns so richtig." Linus nahm einen kräftigen Schluck vom heißen Tee. "Sie sind ebenso geschockt wie wir. Wenn wir nur wüßten, wo sich Cyndi aufhält. Hoffentlich ist ihr nichts passiert. Sie ist ein so liebenswürdiges Kätzchen. Ich vermisse sie sehr. Sie gehört einfach zur Familie."

Hildegard starrte Linus empört an. Sie dachte doch, dass sie immer die Liebste von Linus war. Obendrein konnte man ihr fluffiges rotes Fell so gut streicheln. Bis Cyndi kam. Die hatte eine so warmherzige Ausstrahlung, sagten alle die sie kannten. Eigentlich wollte ihr Hildegard deswegen böse sein; aber sie war ja nun mal nicht da. Und wer wußte schon, ob sie jemals wieder kam.

Angelo horchte bei Linus Bemerkung über Cyndi auf. Wußte Linus etwas Genaues? Er wartete, ob er darüber noch etwas zu sagen hatte, aber da kam nichts mehr über das Thema.

"Wir werden jedenfalls morgen Vormittag erneut versuchen, etwas über das Befinden von Linda zu erfahren. Ich bin dabei.", sagte Linus, "Lass uns heute bald schlafen gehen. Ich fühle mich wie zerschlagen nach all den Aufregungen."

Die Fellnasen fühlten sich genötigt, ins Katzenzimmer zu verschwinden, als die Lichter ringsum gelöscht waren. Angelo überlegte es sich aber anders und versteckte sich bei Susan und Linus unter dem Bett. Es dauerte nicht lange und es ertönten leise Schnarchtöne, die Linus verursachte.

Obwohl nun alles zur Ruhe gegangen war, und es sicher im Moment keine Neuigkeit zu hören gab, blieb Angelo unter dem breiten Bett liegen und grübelte über Cyndis Verbleib nach, bis auch er ins Land der Träume floh.

*

Angelo befand sich jetzt auf einer grünen Wiese. Kleine Wölkchen segelten am Himmel. Cyndi war bei ihm und haschte nach einem gelben Schmetterling, der wie ein trunkener Jüngling herum flatterte. Trotz seiner Unachtsamkeit entwischte er Cyndi in Richtung eines großen grünen Busches, in dem es surrte und brummte. Cyndi verschwand etwas weiter, in den Wald hinein.

Angelo wollte seiner Liebsten nach, die sich in einem Gebüsch versteckt hatte, doch plötzlich kam sie zurück. Sie trug ein

Fellbündel im Maul, ein kleines Kätzchen, das sie Angelo vor die Füße legte, und lief zurück in den Wald. Angelo machte sich Gedanken, wohin sie wohl verschwunden war.

Das Kätzchen, das im weichen Gras lag, quiekte und rollte sich zusammen, als Cyndi ein zweites Fellbündel vor Angelo fallen ließ. Es plumpste auf weiches Moos, kuschelte sich wie das erste zusammen und schlief ein. Das ganze wiederholte sich erneut. Nun lagen dort drei kleine Winzlinge im zartgrau gestreiftem Fell. Es war mit viel weiß und schwarz gezeichnet. Die Sonne strahlte vom Himmel und beschien alles ringsum. Die ganze Umgegend leuchtete in strahlendem Licht.

"Das sind deine Kinder", rief ihm Cyndi zu, bevor sie im Dickicht verschwand, "Deine und meine Kinder. Verlass mich nicht. Hilf mir!"

Angelo hörte die Vögel singen, die Luft sirrte, und er wartete und wartete, aber seine Liebste versteckte sich im Wald und er konnte sie nicht suchen, weil er aufpassen mußte, daß ihm die kleinen Bälger nicht fortliefen. Dabei vermißte er Cyndi so. Wie sollte er allein mit diesen kleinen Fellnasen fertig werden - ohne Cyndi. In ihm schmerzte etwas. Angelo fing laut an zu heulen. Als seine Umgegend plötzlich schwarz wurde und er allein im Dunkeln zurück blieb, heulte er ohne Unterlaß wie ein wildes Tier.

*

Im Schlafzimmer wurde es taghell. Susan hatte alle Lichtquellen erschlossen, was im Moment nicht unbedingt nötig war; denn Angelo kam von selbst aus seinem Versteck hervor und hüpfte zu Susan ins Bett, wo sie ausgiebig sein weiches Fell streichelte. Ihr Flauschkater fühlte sich nun halbwegs getröstet. Susan ließ es im Raum dunkel werden, während Angelo auf seinem Kuschelplatz bei Susan verharrte. Er hatte im Moment eine Sonderstellung, und das nutzte er genußvoll aus, während Linus noch immer ein leises Schnarchen von sich gab. Beim Einschlafen überlegte Angelo was er tun könnte um Cyndi zu erreichen. Er erinnerte sich, das Susan zum Einkaufen immer eine große Tasche im Wagen hatte. Für alle Fälle. Vielleicht konnte er sich morgen darin verstecken. Auf diese Weise wäre er überall voll dabei.

## Neues von Cyndi

Der Tag begann grau und regnerisch. Angelo fragte sich, wie er bei solchem Wetter die Schneeflockenbande dazu aktivieren sollte, das Fangen der Flocken zu üben. Das konnte er im Moment wohl vergessen. Sofort als Susan sich aus dem Bett erhob, wurde er wachsam, und sie wunderte sich, dass er ihr überall auf den Fersen blieb. Beide betraten das Katzenzimmer gemeinsam. Hilde war schon wach, während Fritzchen noch schnarchte; aber es ging gleich ein Ruck durch ihn, als Hildegard mit Angelo den Raum verließ. Sofort war er hinterher. Alle trabten gemeinsam in die Küche und Linus, der sich an der Kaffeemaschine zu schaffen machte, fragte sie, was Susan mit den Fellnasen zusammen im Schilde führte. "Nichts. Ich will ihnen nur Futter in die Näpfe tun. Ich wundere mich aber auch, was heute wieder bei uns los ist. Es ist ja gerade so, als hätte ich Honig am Hintern."

Linus lachte. "Guten Morgen, schönes Mädchen, darf ich dir ein Frühstück zubereiten? Vielleicht ein gekochtes Ei gefällig?"

Susan ging auf Linus ein und sagte "Aber gern mein Liebster. Hast du gut geschlafen?"

"Oh ja, das habe ich. Sicher werden wir heute einen schönen Tag haben. Alles was jetzt noch unklar ist, wird sich in Wohlgefallen auflösen. Glaubst du das auch?"

"Ich hoffe dass es so sein wird.", sagte Susan. Linus stellte ihr den frischen Kaffee vor die Nase und gab ihr einen Kuss auf den Mund. "Einen schönen Tag wünsche ich dir, Liebste."

Angelo schlüpfte in einem unbeobachteten

Moment ins Auto. Er überlegte, ob es besser sei, sich unbemerkt auf dem Fußboden zu verschanzen, oder gleich in die praktische Einkaufstasche zu schlüpfen. Er entschied sich dafür, hinten im Auto auszuharren, mit der Tasche neben sich. So war er flexibler. Susan und Linus schienen viel zu sehr mit sich selbst beschäftigt, als dass sie ihn bemerkt hätten.

"Wir müßten auch noch einiges einkaufen. Machen wir das vor oder nach dem Besuch im Krankenhaus?", fragte Susan, als sie im Auto Platz nahmen. Der Motor brummte und Linus fuhr los.

"Besser hinterher einkaufen. Erst mal sehen, wie es Linda heute geht."

Im Krankenhaus herrschte reger Betrieb. Irgendwo hatte es einen Autounfall gegeben. Es gab einige Verletzte, die in die Ambulanz gebracht wurden. Trotz aller Hektik bekamen sie die Auskunft in welchem Zimmer Linda stationiert war. Sie schien zu schlafen, als sie in das Krankenzimmer traten. Ihr lädierter Arm hatte einen Verband bekommen. Linda öffnete kurz ihre Augen, aber gleich darauf fielen ihr die Lider erneut zu. Susan setzte sich auf einen Stuhl, während Linus vor ihrem Bett verharrte. Er sprach seine Freundin an. "Hallo Linda, wie geht es dir?" Es kam keine Reaktion. Sie warteten, bis die Schwester mit Dingen wie Gaze, Salbe und einer Brechschale erschien. Jetzt öffnete Linda ihre Augen und schaute erstaunt. "Was ist los? Warum seid ihr hier? Und warum bin ich hier?"

"Wir wollten nach dir sehen", erklärte Linus, "weil du gestern nicht wie verabredet zu uns kamst. So suchten wir dich in deinem Haus auf. Du lagst ohnmächtig bei dir auf dem Fußboden. Und wie geht es dir jetzt?"

Linda strich sich über das wirre Blondhaar. Mit großen Augen hörte sie Linus zu.

"Ich – ich weiß nicht wie es mir geht. Irgendwie fühle ich mich benommen. Es ist alles so unwirklich." Sie hielt inne und atmete tief durch. "Dass ich ohnmächtig war, das wußte ich nicht. Ich erinnere mich nur daran, dass plötzlich Cyndi da war und dass sie Babys bekam." Sie richtete sich auf und stöhnte. "OH mein Kopf. Mein Kopf schmerzt. Vielleicht hat mir jemand eins übergezogen, oder so." Sie streckte sich lang aus, und behielt diesmal die Augen offen. Fast liebevoll strich sie gedankenverloren über die Bettdecke. Sie schaute einer Schar Vögeln nach, die im Grau des Himmels herum schwirrten. "Cyndi wirkte so hilflos. Fast so wie ich jetzt.", flüsterte sie.

Susans Blutdruck stieg an. Aufgeregt überlegte sie, ob Linda durch einen Schlag auf den Kopf vielleicht ein wenig durcheinander war. Das würde erklären, warum sie so eigenartige Sachen erzählte, wie dass Cyndi Kinder gebären würde. Ob etwas Wahrheit daran war?

"Du hast das geträumt, mit Cyndi, nicht wahr?, sagte Linus, "Es ist doch sehr zweifelhaft, was du da erzählst, oder?"

"Nein", sagte Linda nachdrücklich, "Man hat Cyndi aufgegriffen und sie befindet sich bei uns im Tierheim. Das wollte ich euch sagen, bevor mir das geschah, was mich jetzt hier sein läßt. Bisher bin ich leider nicht dazu gekommen."

"Das kann ich mir einfach nicht vorstellen,", stieß Susan aus,

"die kleine Cyndi als Mama!"

Lindas Blick wanderte zu ihr hinüber. "Das ist aber so", sagte sie fest und strich erneut unbewußt über ihre Zudecke. "Sagt bitte im Tierheim Bescheid, dass ich krank bin,

ja? Davon, daß es von einem Überfall herrührt, braucht ihr ja nichts zu erwähnen. Wär nett, weil ich doch sonst niemanden habe. Benji ist ja nicht mehr..."
Ihr liefen Tränen über das Gesicht, "Jetzt habe ich nur noch euch."
"Wir kommen wieder und besuchen dich.", erklärte Linus, "Versprochen. Und wir werden auch gleich ins Tierheim fahren und dich dort für eine Weile abmelden."
Linda hob die Hand. "Tschüss und bis bald. Und – danke für alles."
Angelo wartete schon ungeduldig im Auto, als Linus und Susan zu ihm zurückkehrten. Er lauschte gespannt, was die beiden zu sagen hatten. "Natürlich fahren wir sofort ins Tierheim und sehen nach, ob es wahr ist, daß sich Cyndi dort als Gast einquartiert hat," erklärte Linus, "und das andere kann ich mir überhaupt nicht

vorstellen. Unsere Cyndi als Mama mit Babys. Sie ist doch selbst noch so jung. Das läßt mir keine Ruhe. Einkaufen kann dagegen nicht so wichtig sein, oder? Sicher werden wir wohl nicht gleich verhungern wenn nicht. Wir haben doch noch genug Vorräte im Haus."

"Das geht in Ordnung", erklärte Susan aufgeregt, "außerdem bin ich viel zu neugierig auf die kleinen Wesen."

Angelo standen von dem, was er hörte, die Flauschhaare zu Berge. Dunkel erinnerte er sich an einen Traum, den er in der letzten Nacht hatte, wo Cyndi ihm ihre Babys vor die Füße legte…

Er kroch in die neben ihm deponierte Tasche. Das war umständlich. Wie gut, dass sie einen festen Boden hatte. Hoffentlich merkte Susan auch, daß sie dieses Teil beim Aussteigen mitnehmen mußte. Er suggerierte Susan seine

Gedanken ein. Hoffentlich besaß er bei dieser Aufregung noch genug Kraft – oder vielleicht gerade deshalb kam seine Emotion so stark rüber.

Susan erinnerte sich plötzlich daran, als sie auf Mallorca mit der großen praktischen Tasche und den Miezen darin unterwegs waren. "Weißt du noch Linus," sagte sie, "als wir in Spanien Cyndi und Angelo in der großen Tasche, die auf dem Rücksitz liegt, beförderten? Was, wenn wir heute sie und ihre Babys damit nach Hause bringen könnten? ..."

"Gute Idee. Na dann mal los." Linus griff nach hinten und erreichte einen Zipfel der Tasche. Er faßte fester zu." Himmel, ist die schwer. Was hast du denn da hineingesteckt? Mauersteine?"

Es fand sich ein schöner Parkplatz vor dem Gebäude, an denen zahlreiche Käfige grenzten. "Ich glaube, ich muss erst mal hier parken und die Tasche danach herausholen.", sagte Linus und hielt an. Er ging um das Auto und öffnete die Tür. Als er die Tasche empor hob, begriff Susan. "Das kann doch nicht wahr sein!", rief sie, "Angelo, woher kommst du denn so plötzlich."

"Er hat sich längst bei uns einquartiert.", meinte Linus trocken.

Angelo gab sich zu erkennen und machte sich von seiner Umhüllung frei. Linus stellte das Behältnis auf den Grasstreifen vor dem Haus. Der Flauschkater dachte nicht daran, auszusteigen. Beharrlich blieb er sitzen und schaute zuversichtlich in die Runde. Linus begriff. "Schlauer Kater. Du willst wohl deine Babys sehen, was?"

Angelo war zufrieden, daß sein Linus ebenso schlau war wie er. So wurde er möglichst unauffällig durch die Gegend getragen.

"Ich weiß nicht, ob es erlaubt ist, Tiere mit hinein zu nehmen, die andere Tiere besuchen wollen,", grübelte Susan, "aber wenn sich das denn nun so ergibt, dann machen wir dieses Spiel mit."

Susan klingelte an der Tür und Florentine öffnete ihnen. Da sie sich nie begegnet waren, wußte sie nichts mit ihnen anzufangen und Susan beeilte sich, ihres Anlasses wegen zu äußern. "Hallo, guten Tag. Im Grunde sind wir wegen Linda, Ihrer Kollegin hier."

"Am besten kommen Sie erstmal herein. Wir warten schon längst auf Lindas Hilfe. Wir sind natürlich wieder mal mit Arbeit überhäuft. Am besten nehmen Sie mal hier draußen am Tisch Platz und wir unterhalten uns kurz darüber."

"Also", sagte Susan aufgeregt, "Linda ist leider verhindert. Sie liegt im Krankenhaus."

Florentine machte große Augen. "Im Krankenhaus? Was fehlt ihr denn?"

"Sie hatte einen Unfall", erklärte Susan gepreßt. Sicher wäre es Linda nicht recht, wenn sie ihre Probleme an die Kollegin weiter gab.

Florentine schaute unruhig in die Richtung, aus der lautes Gebell von Hunden zu hören war. "Es gibt viel zu tun. Ich muss gleich weiter machen. Wissen Sie denn, wann sie wieder einsatzfähig sein könnte?"

"Leider kann man das im Moment nicht sagen. Es ist noch zu früh dazu, aber wenn wir Genaues wissen, können Sie benachrichtigt werden. Vielleicht ist Linda ja auch bald wieder fit."

"Klar. Danke dass Sie mich darüber informiert haben.", sagte Florentine, „Dann war´s das?"

"Da ist noch was.", sagte Linus. Er preßte

seine Unterschenkel gegen die große Tasche, um Angelo das Signal zu geben, sich weiter ruhig zu verhalten. "Uns ist ein Kätzchen abhanden gekommen. Linda sagte uns, sie hätte bei Ihnen Quartier bezogen. Und daß sie kürzlich Babys zur Welt gebracht hätte. Gibt es so eine Mieze bei Ihnen?" Gebannt starrte Susan Florentine ins erhitzte Gesicht.

"Ja, wir haben eine Katze vom Straßenrand aufgelesen. Sie war halbtot. Linda kannte sie und trug in den Unterlagen den Namen "Cyndi" ein. Ich habe wenig Zeit im Moment, aber Sie können gerne schauen, ob es sich um die Mieze handelt, die Ihnen weg gelaufen ist, wenn Sie möchten. Vielleicht ist das ja auch nicht die Ihre. Moment, ich zeige Ihnen den Weg. Cyndi hat vor kurzem drei Kleine bekommen. Wir müssen die Miezen noch von den anderen isolieren, weil sie zu neu sind.

Cyndi hat einen schönen großen Käfig bekommen. Sagen Sie mir Bescheid, wenn Sie noch Fragen haben."

Susan und Linus erhoben sich und folgten Florentine in die Nebenräume. In der Einkaufstasche bewegte sich Angelo ungeduldig. Florentine wies auf einen der Käfige, von denen nur dieser belegt war. "Dort finden sie Cyndi", erklärte sie geschäftig. Sobald sie den Raum verlassen hatte, stellte Linus die schwere Tasche auf den Boden und Angelo sprang heraus. Er mußte ihn hochnehmen, denn das Kätzchen war von unten nicht zu erkennen. Angelo verhielt sich jetzt ganz ruhig und alle schauten aufmerksam in den Käfig.

Da war eine Mieze mit schwarz-seidigem Fell. Sie lag ganz still und schien zu schlafen.

"Cyndi", flüsterte Susan. "Cyndi!"

Auf der Bettdecke lagen kleine wuselige Bündel in Reih und Glied. Cyndi hatte den Arm fest um ihre drei Babys gelegt und sie zu sich gezogen.

"Oh, wie lieb,", flüsterte Susan gerührt, "unser Mädchen!"

Linus sagte gar nichts und schaute nur.

Angelo reckte den Kopf hoch und registrierte mit großen Augen, wie seine Süße, eingerahmt von den Babys dalag und ganz still hielt. Man hörte keinen Laut von Angelo, als er Cyndis Bild in sich aufnahm.

Als sie hinausgingen, begann er leise zu mauen. Linus steckte ihn nicht in die Tasche zurück, weil Florentine gerade im Flur war und ihn längst bemerkt hatte.

"Ist eigentlich nicht erlaubt, Tiere mit herein zu bringen.", erklärte sie, aber nun ist es auch egal. Außerdem gehen Sie ja wohl gleich wieder."

"Das **ist** unsere Cyndi.", sagte Linus. Susan wischte sich über die Augen, "Und - können wir unsere Miezchen gleich mitnehmen?"

"Wir müßten erst die Unterlagen anfertigen. Jetzt habe ich noch zu tun. Am besten telefonieren wir morgen miteinander. Dann klären wir alles.", sagte Florentine, "Im Moment ist Cyndi mit ihren Kitten gut bei uns aufgehoben. Ich denke, daß Cyndi und ihre Kleinen bald so fit sind, um bei Ihnen zu leben. Wir haben noch einen Besuch des Doktors vor uns, und eine Impfung der Babys gehört dazu."

Angelo maulte draußen weiter, aber er stieg zu seinen beiden Brötchengebern brav ins Auto. Diese Aufregung war einfach zu groß gewesen, um dabei cool zu bleiben.

"Eigentlich müssen wir was einkaufen", meinte Susan, etwas für die Babys zum

Essen und so, und etwas Kuschliges zum Wärmen."

Linus grinste. "Das wird alles Mama Cyndi tun. Das Füttern und das Wärmen. Was wir brauchen, werden wir sicher in Erfahrung bringen, wenn wir die kleinen Mäuschen und Cyndi vom Tierheim abholen. Ich habe den Eindruck, die haben unsere Miezen dort so lieb, daß sie noch extra dabehalten werden."

Susan hatte Angelo auf dem Schoß, was sonst im Auto nicht üblich war. Heute war alles anders, bei der Aussicht demnächst noch 3 Miezen mehr im Haushalt zu haben. "Quatsch, die tun da ihr Bestes.", sagte Susan, "und das ist gut für alle."

Angelo begann zu schnurren und Susan streichelte sein seidiges Fell, bis sie zu Hause waren. Damit war er im Moment total zufrieden. Er überlegte, wie er Hildegard diese Neuigkeit beibringen sollte, und ob sie nun, wo Cyndi ihn zum Papa gemacht hatte, noch zur Familie gehörte. Als Tante war sie bestimmt ganz gut, um die Kleinen aufzuziehen, natürlich unter der Voraussetzung, daß Cyndi das recht war.

## Linda in Gefahr

Sie war gut ansprechbar, als der Polizei-
beamte Schiller Linda an nächsten Tag im
Krankenhaus einen Besuch abstattete. Sie
kannte den jungen Mann nicht. Er wies
sich aus und zeigte ihr seinen Dienstaus-
weis. So lief das ganze gut an. Schließlich
war es ihr wichtig, dass Benjis Tod völlig
aufgeklärt wurde. "Was haben Sie denn
noch für Fragen", ermunterte sie den
schüchtern wirkenden jungen Mann. Er
trug seine kurzen blonden Haare als
Bürstenfrisur und wirkte obendrein etwas
schmächtig, was in Linda die Mütterlich-
keit weckte. "Na dann schießen Sie los.
Fragen Sie, Kommissar Schiller."
Schiller setzte sich vertraulich auf den am
nächsten stehenden Stuhl und zog ihn ans
Bett. "Ich verstehe nicht so recht. Es war
ein ganz normaler Tag für Sie, obwohl Ihr
äh - Freund am Vortag gestorben ist. Sie

gingen zum Dienst, ja?"

Linda schloß die Augen, weil das grelle Licht von draußen störte. Es bereitete ihr plötzlich Kopfschmerzen. "Oh ja, Arbeit lenkt ab, wissen Sie, allerdings gab es einen Zwischenfall. Ich bekam überraschend Besuch von einem mir unbekannten Herrn, der einiges in Erfahrung bringen wollte. Etwas über meinen Freund Benji. Er sagte, er sei sein Freund. Ich weiß allerdings nicht viel über Benjis Vorleben und seine Bekannten. Im Moment war er wohl seit kurzem arbeitslos. Er hatte Freunde, aber da kann ich Ihnen nicht viel sagen. Benji traf sich ohne mein Beisein mit ihnen. Der Abend gehörte dann aber immer uns beiden." Linda öffnete die Augenlider und schaute dem Fremden ins Gesicht. Entdeckte sie da falsches Mitleid? Seine Miene wirkte befremdlich. Da kam so ein unwirkliches Gefühl in ihr auf. Sie wollte die Augen offen behalten, trotz ihrer Kopfschmerzen.

"Ich stieg also nach dem Dienst in mein Auto, jemand war hinter mir und plötzlich wurde ich willenlos, nachdem man mir etwas unter die Nase hielt. Von da an weiß ich nichts mehr. Angeblich wurde ich in meinem Haus gefunden. Allerdings fehlt mir jede Erinnerung daran, wie ich dort hin gekommen bin. Das ist alles, was ich zur Aufklärung beitragen kann."

Kommissar Schiller beugte sich über Linda. Sein Blick war kalt. "Sind Sie sicher, dass das wirklich alles ist, was Sie mir dazu sagen können?", zischte er, "Ich denke, daß Sie noch einiges wissen, was Sie mir absolut nicht erklären **wollen. Reden Sie endlich!**"

"Nein, nein, ich – ich –", stöhnte Linda, als Schiller plötzlich seine Hände um ihren Hals legte. Sie fühlten sich fest wie

Schraubstöcke an. In ihrem Kopf dröhnte es, Panik kam in ihr hoch. Ihr wurde eiskalt, als er fester zudrückte. Wie aus der Ferne hörte sie lautes Klopfen an der Tür.

Schiller hatte noch immer seine Hände an ihrem Hals. Jetzt lockerte sich sein Griff, als die Tür aufgestoßen wurde. Linus und Susan stürmten herein. Susan war starr vor Schreck.

Linus erfaßte die Situation sofort. Er stürzte auf Lindas Bett zu. Sie keuchte und stieß laut den Atem aus. Schon ergriff er Schillers Arme und drehte sie nach hinten.

"Linda!" schrie Susan, "Um Himmels Willen!"

Von irgendwo schrillte eine Alarmsirene. Weiß gekleidete Leute stürzten herein. Linus hatte den schmächtigen Kommissar fest im Griff und ging mit ihm nach draußen. Dort setzte er ihn auf einen Stuhl und behielt ihn im Auge. "Die Polizei ist unterwegs.", rief jemand von drinnen.

Die diensthabende Schwester kümmerte sich um ihre Patientin. Susan saß bei ihr, und langsam, ganz langsam beruhigte sich Linda.

"Gott sei Dank, dass ihr gekommen seid," stöhnte sie, "und das im richtigen Moment. Was hätte ich nur ohne euch gemacht?"

Linda wirkte ruhiger, aber innerlich war sie noch immer aufgewühlt. "Ich habe Angst. Nirgendwo fühle ich mich sicher. Ich mag nicht zu mir nach Hause zurückgehen. Der Gedanke daran dass ich dort wieder auf mich allein gestellt bin, macht mich krank."

Susan ging zu Linus vor die Tür, als der falsche Kommissar festgenommen und abgeführt wurde. Wie sich später herausstellte, waren seine Papiere gefälscht. Aber war er auch Benjis Mörder? Das wußte niemand zu sagen. Bevor sie wieder zu

Linda hinein gingen, machte Linus Susan einen Vorschlag. "Was hältst du davon, Linda zu uns nach Hause zu holen, damit sie endlich einen sicheren Platz hat, um gesund zu werden."

"Nicht schlecht, diese Idee. Dazu müßte sie aber bei uns einen festen Schlafplatz haben, und einen Raum, in dem sie sich aufhalten kann, wenn sie allein sein möchte.", meinte Susan.

"Das ist in ihrem speziellen Fall wohl auch notwendig.", sagte Linus, "Ich hätte da eine Idee. Unsere Freundin könnte in meinem Schlafzimmer vorübergehend zur Ruhe kommen. Schließlich ist es seit Monaten ungenutzt, weil ich eh immer bei dir schlafe." "Super-Idee", rief Susan erfreut, "So können wir Linda helfen. Weil der Raum obendrein auch noch ein Stockwerk höher liegt, fühlt sie sich dann auch doppelt geschützt. Dann laß es uns ihr gleich verkünden, daß wir eine Lösung für ihr jetziges Problem gefunden haben."

Linda war über den Vorschlag der beiden hoch erfreut. "Ihr seid meine Rettung.", sagte sie dankbar, "Sicher wird es möglich sein, dass ich spätestens morgen entlassen werde, falls das wegen der Formalitäten heute nicht mehr klappt. Ich fühle mich wie befreit, daß ich von hier fort kommen kann."

## Flitzis Auftrag

Dumm, daß gerade in der spannenden Nachtzeit Susan und Linus schliefen. Vielleicht war es ja auch besser so, wenn sie nicht alles mitbekamen, was um sie herum geschah, fand Angelo, der nicht so recht zur Ruhe kam; aber nach all den Aufregungen war das kein Wunder. Obendrein nervte ihn Hildegards Anwesenheit, weil sie entsetzt darauf reagierte, als er ihr erzählte, daß er Vater geworden war. Sie schien nur auf sich bedacht zu sein, obwohl er sich vorstellen konnte, daß sie von den neuen Babys ebenso entzückt sein würde, wie über ihr kleines Fritzchen.

Angelo mußte einfach nach draußen, um sich sein Mütchen zu kühlen. So begann er eine Runde zu drehen. Der Schnee war längst geschmolzen und das dunkle Haus wirkte gespenstig, das sich gegen den etwas helleren Himmel abzeichnete. Es war relativ still ringsum. Er hörte schwache Laute, die von weither kamen, aber da war noch etwas. Das machte ihn stutzig. Er pirschte sich an die Lärmquelle heran, blieb stehen und lauschte erneut.

Ja, da war was. Vielleicht eine Mieze oder so. An der Ecke vor dem Haus wurden die vertrauten Laute stärker. Hier blieb er stehen. Es roch nach Kater. Im schlechten Licht bemerkte er, daß dieser am Hals einen riesigen weißen Fleck hatte. Da gab es nur einen. Flitzi.

"Gib dich zu erkennen", knurrte er, "Willst du dich vor mir verstecken oder mich erschrecken, Teufel nochmal, mach es nicht so spannend. Ich habe dich längst erkannt, Flitzi! Was soll das, Teufel nochmal?"

"Hallo Angelo, was treibt dich hier raus", maunzte Flitzi, bei diesem Wetter. Ich habe eine Botschaft für dich. Habe gewartet, bis du zu mir raus kommst."

"Und, was ist es?"

"Tut mir leid, daß ich das muss.", stotterte Flitzi.

"Wieso leid?"

Flitzi kratzte sich das Kinn und suchte gleichzeitig Angelos Augen.

"Weil du dich sicher über das, was ich sage, ärgern wirst. Aber ich soll dir das nur sagen, ich kann nichts dafür."

"Nun rede schon, was soll das Geplänkel?", rief Angelo und stellte sich vor Flitzi hin. Jetzt konnte er seinen Dunst noch deutlicher riechen.

"Ich soll – ich soll dir bestellen", begann Flitzi, "ich - ich mag es dir nicht sagen. Vielleicht bist du dann nicht mehr mein Freund; aber ich kann nichts dafür, daß ich dir von diesem Stinker was sagen muss. Also, ich soll dir bestellen, dass dir deine drei Kleinkinder abhanden kommen werden, wenn du nicht sofort dieses dämliche rote Ding hergibst. Diesen Talisman meint der Dosenöffner. Und da ich Hunger habe und er mir nichts mehr geben will, wenn ich es nicht sage…"

"Ich habe meinen Talisman nicht mehr. Weiß der Himmel, wer den jetzt hat", sagte Angelo, "Teufel, ich weiß es wirklich nicht."

"Das wird dir nichts nützen. Mein Besitzer wird nicht verstehen, was du sagst. Er ist eben mein Besitzer, und nicht ich besitze ihn, weil - weil er unsere Katzenregeln nicht kennt. So wie du der geheime Herr bei euch im Hause bist, bin ich das bei uns noch lange nicht. Ich bin nur ein kleines Tier ohne Rechte. Und wenn es nicht pariert, das Tier, bekommt es auch nichts mehr zu essen. So sieht das aus."

"Dann bekommst du eben von mir was", sagte Angelo, "aber ich kann mir doch meinen Talisman nicht aus den Rippen schneiden, wenn er nicht da ist, oder?"

"Stimmt,", sagte Flitzi kleinlaut, "da hast du Recht. Aber was soll ich denn tun?"

"Das kann ich im Moment nicht sagen. Du kommst eben in Zukunft zum Essen zu uns. Susan ist lieb. Die gibt dir bestimmt was."

"Meinst du?", fragte Flitzi zuversichtlich, "und wenn **Er** mir was tut?"

"Dann geh besser nicht mehr dahin."

"Das wird sicher nicht funktionieren.", bemerkte Flitzi verzweifelt.

*

Angelo grübelte noch über Flitzis Forderung nach, als er bei Hildegard im Katzenzimmer ankam. Sie tat, als würde sie nicht merken, daß er anwesend war, und Fritzchen schnarchte so laut, dass er keine Ruhe fand. Angelo nahm sich vor, seine Umwelt mehr denn je zu beobachten und seinen Talisman, den er eigentlich Cyndi vermacht hatte, überall zu suchen. "Eigentlich hat Linus versprochen, ihn mir zurück zu geben. Mal sehen, ob er sich endlich mal dazu äußert. Schließlich hat er sich das Ding vor einiger Zeit eingesteckt.", sagte er zu sich selbst.

# Lindas Zuflucht

"Ich habe dir ein paar Sachen rausgesucht, dann brauchst du nicht deine mit Blut befleckten Teile anziehen.", erklärte Susan, und Linda strahlte. "Wie gut daß du daran gedacht hast." Sie begann sofort damit, sich umzuziehen. Susans warmer Pullover und die Jeans paßten so gut, als wären sie für Linda angefertigt. Sie packte ihre Habseligkeiten in die praktische Tasche, die Susan ihr mitgebracht hatte, als Linus herein kam. "Wird es denn wieder gehen mit dir? Und was sagte der Arzt, daß du von hier fort willst?"

"Es entwickelt sich alles bestens, Linus. Ich habe nur eine kleine Gehirnerschütterung und eine Fleischwunde am Arm. Den Rest meiner Beschwerden kann ich zu Hause auskurieren", rief Linda fröhlich vom Bad herüber, "und sicher wird die Heilung schnell vonstatten gehen, wenn ich fern von diesem Ort bin. Ich gebe zu, dass so ein Krankenhaus recht hilfreich ist, wenn man es braucht, aber ich habe schon immer solche Institutionen gehaßt."

"Du siehst, manchmal ist es doch gut, dass es sowas gibt, wie diesen Ort."

"Aber nicht, wenn du andauernd fürchten mußt, daß du überfallen werden könntest. Ich werde dieses komische Gefühl nicht los, dass es jemand auf mich abgesehen hat."

"Da hast du recht. Immerhin wurde der Übeltäter von der Polizei festgenommen und ich glaube kaum, dass er dir noch mal gefährlich werden wird", meinte Linus, "man weiß leider nicht, ob er der einzige war, der Interesse daran hat, dir was zu tun. Vielleicht gibt es noch einen anderen..."

Lindas Augen weiteten sich. "Du machst Witze, oder?"

"Und – hast du denn nun fertig gepackt?", fragte Susan, "oder kann ich dir noch irgendwie helfen?"

Linda nickte. "Danke, es ist alles untergebracht. Die Unterlagen für den Arzt bekomme ich gleich mit. Ich muss sie mir nur von der Zentrale abholen. Ich freue mich schon sehr auf euch und die Miezen."

*

Sie versammelten sich erst mal alle in der Küche und tranken einen heißen Kaffee, nachdem Linda Hildegard und Fritzchen ordentlich gekrault hatte, während Angelo überall herumlief und nicht so leicht zu fassen war.

"Du kannst in meinem Zimmer schlafen.", eröffnete ihr Linus, "Vielleicht ist das für dich ein wenig umständlich, aber bestimmt fühlst du dich oben im Haus sicherer als unten."

"Gute Idee", sagte Linda und preßte ihre

Hand an die Stirn, "dann kann ich mich leicht mal zurückziehen, wenn mich die Kopfschmerzen überfallen, so wie jetzt."

Angelo saß unter dem Tisch und hörte genau hin, was besprochen wurde.

"Wir wollen uns nachher mal wegen unserer kleinen Cyndi schlau machen, ob wir sie nun bald mit ihren Kindern abholen können."

"Gut dass du Bescheid sagst. Dann kann ich mich da oben verkriechen, bis ihr zurück seid. Ach, da ist ja auch der Angelo, dieser Lümmel, sag mir, warum du immer vor mir wegrennst, wenn ich dich streicheln will! Seit wann machst du das? Hast du Angst vor mir?"

Angelo stellte sich jetzt vor Linda hin und ließ es geschehen, daß sie ihm sanft über den Rücken strich. Dabei sah er sie mit großen Augen aufmerksam an. "Es ist als ob er mir in die Seele schaut.", sinnierte

Linda, "Wer kann schon sagen, was so alles in unseren Kätzchen vorgeht, von dem wir nichts wissen."

"Zumindest ist Angelo ein ganz ungewöhnlicher Kater. Er weiß Dinge, die wir oft nicht erahnen", meinte Linus, "und sicher kann er es schon vorweg fühlen, wenn seine kleinen neugeborenen Rangen zu uns kommen. Auch wenn etwas Besonderes geschehen wird, hat er das häufig schon vorher gewußt."

"Ein toller Bursche, der Angelo.", rief Susan. Schon rannte er auf sie zu und ließ sich von ihr herzen und knuddeln. Für sie hatte er schon immer eine Schwäche gehabt. Außerdem war sie es, die ihm meist das Futter hinstellte. Nach einiger Zeit des Genießens schloss er sich heute aber mehr Linus an. Von ihm konnte er sicher erfahren, was gerade so anlag. So lohnte es sich, in seiner Nähe zu bleiben, denn nach einem Anruf im Tierheim bekamen sie endlich grünes Licht, die kleine Katzenbande von dort abzuholen. Angelo durfte mitfahren, aber Linus erklärte ihm, nur unter der Bedingung, dass er im Auto bliebe, um zu warten, bis er und Susan mit den Miezen zurückkämen.

## Bedrohung

Angelo war begeistert von der kleinen Bande, die nun seine und Cyndis Familie war. So richtig konnte er noch nicht glauben, dass diese kleinen Wesen von ihm sein sollten und ihre Mama sie säugte. Sie lagen danach satt und faul bei ihr.

Cindy wollte ihre Kinder vor der Welt und ihm beschützen, auch wenn er ihr näher kam, was er als übertrieben ansah.

Er war doch wohl harmlos.

Ein stolzes Gefühl kam in Angelo hoch. Was das für tolle Wesen waren! Kleine Dinger, die noch nicht richtig sehen konnten. Das ganze fühlte sich an wie Glück. Er wollte ebenso alle in der Familie beschützen, auch seine Cyndi, die einen Arm um ihre Babys legte und sie an sich zog, als gehörten sie ihr allein. Dabei wußte außer ihm niemand davon, dass sie in höchster Gefahr waren. Das belastete ihn sehr.

Selbst Hildegard war von der Notwendigkeit überzeugt, dass sich Angelo jetzt mehr um seine Familie kümmerte und stellte überraschend ihr Ego den kleinen Wesen zuliebe in den Hintergrund. Freiwillig zog sie mit Fritzchen zu ihrer Zweitmama Linda nach oben in Linus Zimmer, welches er ihr bereitwillig zur Verfügung gestellt hatte.

In all diesem Trubel meldete sich obendrein auch noch der alte Kommissar Hiller zu Besuch an. Das war nicht nur für Linus von Interesse, sondern auch für Angelo. Leider konnte er das aber seinem Menschen nicht so vermitteln, wie er das gern getan hätte, weil der seine Sprache nicht verstand. So blieb Angelo nur, dass er Linus auf den Fersen blieb und einen scharfen Blick bewahrte.

Der Kaffee stand im Wohnzimmer für den

Besuch bereit, mit ein paar knusprigen Keksen dazu. Angelo saß unter dem Tisch versteckt und wartete ungeduldig der Dinge, die da kommen sollten. Leider verspätete sich Kommissar Hiller erheblich.

Angelo döste in seinem Versteck. Draußen wurde es dunkel. Als es an der Haustür schellte, schreckte er hoch und war sofort hellwach. Er rannte zum Eingang, um zu schauen, ob es sich bei dem Besucher auch wirklich um den alten Kommissar handelte. Linus öffnete und bat Hiller herein.

Im herausflutenden Lichtschein sah Angelo, dass draußen jemand im Hintergrund verweilte. Der Fremde stand am Fliederbusch und dachte nicht daran, herein zu kommen oder fort zu gehen, bis die Tür nach draußen vom ahnungslosen Linus geschlossen wurde.

Angelo machte sich Gedanken, welcher Mensch wohl Interesse daran hatte, bei diesem widrigen Wetter draußen herumzulaufen. Vielleicht war das kein Freund des Hauses, möglicherweise sogar ein Mörder. Ihm fiel Flitzis nächtlicher Besuch ein. Man mußte äußerst wachsam sein. Der Fremde durfte nicht ins Katzenzimmer hinein gelassen werden. Was konnte er tun?

Im Moment war es wohl am besten, sich Linus anzuschließen, so lange der Fremde draußen verharrte. So schlich er hinter Linus und Hiller hinterher und verschanzte sich erneut unter dem Tisch im Wohnzimmer. Obwohl seine Geduld nicht sehr ausgiebig war, mußte das wohl jetzt so gemacht werden. Immerhin verhielt er sich geschickt. Schließlich hatte bisher niemand gemerkt, daß er anwesend war.

Der Kommissar hüstelte, legte seinen Schal

auf die Stuhllehne, nahm ein Taschentuch und putzte seine Brille. "Draußen beschlägt mir das Ding immer.", bemerkte er und legte einige Papiere auf den Tisch.

"Das ist völlig normal.", meinte Linus. "Ist bei mir auch immer so. Und? Wie sieht es aus mit den neuesten Ergebnissen Ihrer Ermittlungen?"

Hiller zuckte mit den Schultern. "Den Mörder von Lindas Benji haben wir noch immer nicht. Der läuft frei herum. Etwas Gutes hat die Sache allerdings. Wir wissen inzwischen wer der Täter sein könnte."

"Und – um wen handelt es sich?"

Hiller setzte sich die Brille auf und starrte auf das Papier, das er vor sich hingelegt hatte. "Darf ich nicht sagen. Sie wissen ja, im Zuge der Ermittlungen dürfen wir nichts ausplaudern."

"Oh, wie blöd", sagte Linus, "dann kann niemand vor ihm gewarnt werden.

Schließlich wurde Linda erneut angegriffen, und zwar als sie im Krankenhaus lag. Von einem falschen Kommissar, der ..."

"Ich weiß, ich weiß.", sagte Hiller, "Er sitzt in U-Haft, aber es gibt noch einen Täter. Es muss einen Zusammenhang mit dem Mord und Linda geben." Er griff in seine Tasche, in der ein mit Plastik umhülltes Indiz steckte und warf das Teil auf den Tisch. "Angelos lädierte Filzmaus. Sie hat damit was zu tun."

"Das Ding? Wie das?", fragte Linus ungläubig, "Was kann Angelos Talisman dafür, dass Benji tot ist?"

Hiller winkte ab. "Nicht so, wie Sie das sagen. So ist das nun auch wieder nicht. Es war reiner Zufall, daß Benji vor seinem Ableben in seiner Not etwas, das verborgen bleiben sollte, ganz tief in die Maus hinein stopfte."

Linus rutsche unruhig auf seinen Sessel nach vorn, hielt die Luft an, und stieß sie geräuschvoll wieder aus. "Und was, bitte schön?"

"Nun, es hängt mit dem letzten Auftrag zusammen, den Benji hatte. Seine Aufgabe in der Firma war streng geheim. Möglicherweise wollte er, nachdem einiges bei ihm schief gelaufen war, daraus Kapital schlagen."

"Ich versteh nicht."

"Na, Benji hat wichtige geheime Informationen gestohlen und wollte sie wohl zu Geld machen. Das ganze war auf auf einer Micro-SD-Karte im Mini-Format gespeichert. Die steckte tief im Körper der Maus, warum auch immer. Wir haben das Ding auf Herz und Nieren geprüft und sicher gestellt. Der Täter weiß nicht, dass wir die Karte gefunden haben, und er weiß auch nicht, wo der Talisman geblieben ist.

Deshalb der erneute Anschlag auf Linda."

"Also ist Linda bei uns auch nicht sicherer als woanders, oder?"

"Absolut nicht. Vor allem, wenn der Täter weiß, dass sie nun bei euch in Obhut ist. Da haben Sie sich, mein lieber Linus, unbewußt die Gefahr ins Haus geholt. Da müssen wir jetzt durch; damit das Spiel endlich ein Ende hat."

"Was kann man da tun.", fragte Linus besorgt, "Auf diese Weise wird Linda nicht zur Ruhe kommen, und wir auch nicht."

"Ich werde Ihr Haus im Auge behalten und später noch einmal zurück kommen. Vielleicht hilft das."

"Wie sollte das wohl funktionieren", sinnierte Linus, "es sei denn, Angelo spielt mit. Er ist sehr klug. Lassen wir ihn mal. Ich wette, er sitzt unter dem Tisch und hat alles mit angehört."

Jetzt zeigte sich Angelo in seiner vollen

Größe und wandte sich an Linus. "Deine Maus ist wieder da", sagte Linus eindringlich zu ihm, "und ich habe versprochen, sie dir zurück zu geben. Das mache ich hiermit."

Linus langte über den Tisch und nahm Angelos Talisman an sich. Sein Kater schaute ihm intensiv in die Augen und Linus drückte ihm das Teil in die Pfote. "Mal sehen, was du daraus machst. Ich denke, du bist der klügste Kater, den ich je kennen gelernt habe."

*

Angelo nahm seinen Talisman ins Maul. So trug er ihn ins Katzenzimmer, wo er ihn fallen ließ und erst einmal richtig mit der Zunge reinigte. Er zupfte an ihm hin und her, damit er seine alte Form zurück erhalten sollte, was aber nicht so recht gelang. Er überlegte, ob er das Ding seiner liebsten Cyndi nach all den Aufregungen erneut schenken könnte. So hätte er einen Grund, sie sofort zu herzen und zu küssen. Dazu brauchte es aber einen neuen Halt für den Hals, weil der kleine Riemen dazu verloren war.

Angelo äugte zu Cyndi hinüber, die alles um sich herum kritisch betrachtete. Vor allem achtete sie darauf, dass Hildegard ihr fern blieb. Noch immer schmerzte sie die Stelle am Bein, die Hildegard ihr durch einen Biss beigebracht hatte. Der Doktor im Tierheim hatte ihr etwas Tinktur darauf geträufelt und das Bein gestreichelt. Das half ein wenig.

Auch das Fritzchen wollte sie nicht hier haben, aber das trottete eh immer hinter seiner Ziehmama Hildegard hinterher. Da war noch Susan, die gern von ihr gesehen wurde. Sie half ihr ein wenig mit den Babys; aber das wichtigste, das Säugen, musste sie selbst machen. Cyndi war glücklich, dass sie ihren Kindern alles Lebensnotwendige zu geben vermochte. Milch war das kostbarste für ihre Babys...

Angelo konnte im Moment nicht zu Cyndi gelangen. Sie saß auf dem übersichtlichstem Platz den es im Raum gab, dem Kratzbaum mit der breitesten und kuscheligsten Oberfläche. Die Babys lagen auf dem Eckplatz neben dem Fenster, der gut gepolstert war. Dieser Bereich am Boden hatte den Vorteil, dass er mit einer halb aufgerollten Wolldecke versehen war, um die Kleinen vor Zug und anderen Widrigkeiten zu schützen. Man konnte an den Zipfeln ziehen und dadurch die Schutzfläche für die Babys vergrößern. So versteckt würde der Mörder sie vielleicht nicht finden, grübelte Angelo, schließlich waren die Kleinen das, womit dieser Unhold ihn erpreßte. Zumindest hatte Flitzi ihm das vermittelt.

Schade. Niemand außer ihm hatte bemerkt, dass der Täter schon draußen vor dem Haus lauerte. Er mußte es Cyndi sagen. Auch wenn sie im Moment sehr eigen mit sich und den Babys umging, mußte er ihr das sagen. Und wenn der Unhold kam, würde er ihm eben diesen dämlichen Talisman überreichen. Schließlich wollte er kein Leben gefährden.

Vielleicht war es wirklich am besten, gleich die Decke über die Kleinen zu ziehen, damit niemand in die Kinderstube hinein sehen konnte. Angelo machte sich auf, seine Idee in die Tat umzusetzen, als Cyndi vom Kratzbaum herunter sprang. "Untersteh dich", schrie sie ihm ins Gesicht, als er gerade das Tuch über ihre Lieblinge spannen wollte.

Er hielt sie von weiteren Tätigkeiten ab, indem er sich eng an Cyndi schmiegte. "Meine Süße, ich bin nicht dein Feind. Wir gehören doch zusammen. Hast du das vergessen?"

"Aber Hildegard sagte doch…"

"Was sagte Hildegard? Du bist meine Liebste, mein Mäuseputzi. Schau, ich habe ein Geschenk für dich, aber ich muss es noch schön machen, weil es so ramponiert ist." Er hob spielerisch seinen Talisman in die Luft und ließ ihn fallen, aber Cyndi griff nicht danach.

"Hildegard sagte…", begann sie erneut, aber dann zögerte sie.

"Egal", seufzte sie, "Egal, ich hab dich gern. Und ich habe dir schöne Kinder geschenkt."

"Ich danke dir! Und du bist meine Prinzessin. Noch immer bist du das. Für immer!", rief er überschwänglich und begann daraufhin ihre Stirn zu schmusen. Cyndi begann zu schnurren.

Alles war wieder gut.

Plötzlich hielt Angelo inne. Da war noch was, das er ihr sagen musste. "Du weißt es noch nicht. Ich muss es dir aber unbedingt mitteilen, damit du mir hilfst, die Kinder zu schützen. Wir werden bedroht. Speziell unsere Kinder. Flitzi hat es mir gesagt."

Cyndi zitterte und schwieg, seufzte und schmiegte sich an Angelo. "Darum wollte ich die Decke über die Kleinen ausbreiten", flüsterte er, "und du hättest dich nicht so sehr aufgeregt, wenn du gewußt hättest was ich tun will und warum."

"Das machen wir jetzt beide. Und zwar so, dass sie noch Luft bekommen. Jetzt gleich. Gut, dass du es mir gesagt hast."

"Ich werde IHM unseren Talisman geben, wenn er kommt. Es ist immer noch mein Liebespfand für dich, egal was geschieht." Vielleicht läßt er uns dann in Ruhe."

"Und außerdem – meine Zähne sind noch ganz gut.", bemerkte Cyndi, "Wenn das nötig sein sollte, dann…KRRRR!"

"Was du sagst ist nicht lustig. Es macht mich nur traurig; denn ER ist draußen", raunte er Cyndi zu, "und Er wartet auf mich, denke ich. Vielleicht kommt ER ja auch durch einen geheimen Gang, den ER kennt, einfach ins Haus.

ER wird kommen. Irgendwann, wenn wir nicht damit rechnen."

Sie setzten sich in die Ecke zu den Babys, warteten und lauschten in die Nacht. Es könnte etwas passieren. Und das noch heute. Schließlich hatte Angelo den Täter draußen gesehen.

## Der Täter

Linus saß bei Susan in der Küche mit einem heißen Tee und klärte sie über die Sachlage auf. "Hiller ist fort, aber er wird wiederkommen,", sagte er, "dann wird der Schuldige festgenommen und das war es dann."

"Hört sich ziemlich einfach an. Und woher will er wissen, wann es so weit ist, dass er eingreifen muss?"

"Er weiß es eben."

Susan gähnte. "Inzwischen ist es spät geworden. Außerdem hätten wir vielleicht doch Linda in die Sache einweihen sollen, meinst du nicht?"

Linus winkte ab. "Sie hat in letzter Zeit schon genug durchgemacht. Wenn wir Glück haben, sucht der Unhold sie erst gar nicht im oberen Zimmer auf und das Finale läuft hier unten ab."

"Wär nicht schlecht. Sicher hat Linda sich

eingeschlossen, so wie sie das wollte. Das kann nur gut für sie sein."

Susan erschrak "Ich höre irgendwas vom Keller her, komische Geräusche. Vielleicht ist das Geknacke auch von der Heizung. Sie ist wohl auch nicht ganz in Ordnung, was meinst du?"

"Ja, sagte Linus, "Wir müssen das Gerät mal wieder warten lassen."

"Ich sehe mal nach und schau auch gleich ins Katzenzimmer", verkündete ihm Susan, "es ist so seltsam still im Haus, wenn sich keine von den Miezen in der Küche sehen lässt."

Linus griff zur Tageszeitung, die vor ihm lag und schaute hinein.

"Tu das. Ich komme gleich nach und wir durchsuchen alles gründlich, bevor wir schlafen gehen."

Cyndi erschrak, als Susan die Tür öffnete, um im Katzenzimmer nach dem Rechten zu schauen, aber sie beruhigte sich schnell wieder und tat als schliefe sie. Angelo verhielt sich ebenfalls ruhig.

Susan schaute in die Runde. Die Miezen schienen heute besonders müde zu sein. Sie wunderte sich allerdings, dass über den Köpfen der Babys die Wolldecke lag. "Ihr sollt nicht ersticken", murmelte sie, und "ich mache euch sofort Luft", dann ging sie leise wieder in den Flur zurück. Als sie fort war, zogen Angelo und Cyndi die Decke erneut über ihre Kleinen. Von draußen hörten sie Gepolter.

"Merkwürdig", brummte Angelo, als erneut Stille einkehrte, "irgend etwas stimmt hier nicht. Ich glaube, ich schau mal lieber nach, was da los ist."

Cyndi wollte mit ihm gehen, aber Angelo riet ihr, da zu bleiben und sich so zu verhalten, als sei sie nicht anwesend. Schon allein wegen der Babys. Das sah sie ein.

Im Flur stieß Angelo auf ein Hindernis, als er weiter in Richtung Keller wollte. Das Hindernis roch nach Susan. Einen Moment überlegte er, was zu tun ist, dann rannte er los, zur Küche.

"Linus sitzt am Küchentisch und liest Zeitung", sagte Angelo zu sich selbst, "aber nein, er schläft ja gerade!"

Angelo sprang auf den Tisch und setzte sich auf das informationsreiche Tagesblatt. Linus erwachte jäh. "Was ist los, Angelo?"

Angelo sprang auf den Fußboden, dann wieder auf den Schoß von Linus. "Vielleicht ist unser Kater verrückt geworden", murmelte Linus müde, "ich muss mal nachsehen, was da los ist…"

Er nahm einen großen Schluck Tee und erhob sich darauf.

Linus ließ jetzt im gesamten Treppenhaus das Licht aufleuchten. Angelo lief vorweg und zeigte ihm den Weg. Kurz vor der

Treppe, die nach unten führte, lag Susan, was Angelo längst vermutet und auch am Geruch ihres speziellen Parfums erkannt hatte. Linus beugte sich hinunter zu ihr und versuchte sie aufzurichten, als Susan die Augen öffnete. "Was ist mit mir passiert?", fragte sie, als käme sie von weit her.

"Keine Ahnung,", schimpfte Linus, "tut mir leid, dass ich nicht gleich mit dir hinausging, aber ich war irgendwie zu müde und bin über das Zeitunglesen eingeschlafen. Tut mir wirklich leid."

Susan fasste sich an den Kopf.

"Jemand muss mir eins über den Schädel gegeben haben", stöhnte sie.

Linus half ihr, aufzustehen. Susan war noch etwas wackelig auf den Beinen, aber sie erholte sich schnell.

"Wir müssen nachsehen, wer sich hier rumtreibt. Hast du jemanden ins Haus gelassen?"

"Nein, aber ich will es wissen…"

"Susan, bleib hier. Ich mache das!"

Angelo verharrte draußen im Flur bei Susan. So konnte er besser beobachten, wohin sich der Täter begab. Er mied jetzt das Katzenzimmer, um niemanden auf die Idee zu bringen, dass dort etwas zu finden sei, das sich lohnte.

Linus kam bald aus dem Keller zurück. "Unten ist nichts.", sagte er, nun wieder hellwach, "Leg dich aufs Sofa liebste Susan. Ich werde nach oben gehen und nachschauen, ob bei Linda alles in Ordnung ist."

"Das will ich doch hoffen.", meinte Susan, "Ja, ich werde mich eine Weile ausruhen von dem Schreck. Zuerst rufe ich aber Hiller an.

## Angelos Talisman

Angelo folgte Linus nach oben. Die Treppe knarrte bei jedem Schritt, den Linus machte. Das war gerade jetzt nicht vorteilhaft, um unbemerkt zu bleiben, wie Hildegard und das kleine Fritzchen, die sich unter dem Bett versteckt hatten.

Lindas Tür stand wider Erwarten weit offen. Im Raum herrschte Halbdunkel. Die einzige Lichtquelle kam von der Liegestatt her. Auf dem kleinen Tisch daneben brannte eine Notlampe. Als Linus sich an das Halbdunkel gewöhnt hatte, konnte er Linda erkennen, deren Körper auf der Bettdecke ruhte. Jemand hatte ihr den Mund zugeklebt. Sie konnte nicht sprechen und schnaufte nur, aber ihre Augäpfel bewegten sich ständig und sie strampelte mit den Füßen. Sie war bei Bewußtsein. Das war positiv. Neben ihr saß jemand. Eine dunkle Gestalt.

Linus wich spontan zurück, in Richtung Flur. Zu spät. Er war längst entdeckt worden.

Angelo dagegen hielt sich im Hintergrund. Er sah, dass der Fremde eine Pistole auf seinen Linus richtete. Da musste er eingreifen. Wie eine Furie preschte der Kater los und sprang. Er landete auf der Schulter des Fremden, dem es nach einigen vergeblichen Versuchen gelang, ihn abzuschütteln. Angelo landete auf den Füßen und krallte sich in den Teppichläufer im Flur. Er hatte sich nicht weh getan, nur der Fremde hatte sich einige tiefe Kratzer auf der Schulter geholt. "Verdammtes Biest.", zischte der.

Angelos Eingriff in das Geschehen hatte Linus die Chance gegeben, sich von dem ersten Schreck zu erholen. Im Flurlicht erkannte er Theo Schmidt, einen Nachbarn, der ihm mit der Pistole bedrohlich nahe stand.

"Hallo Theo, lange nicht gesehen!", rief Linus überrascht,

"Was machst du denn hier für Dummheiten?"

Theo grinste. "Ich stehe hier nur so rum und bedrohe dich.", sagte Theo trocken, "Und was machst du hier zu dieser Nachtstunde? Müsstest du nicht schon längst in deinem Bettchen liegen?"

"Ich hoffe, du erinnerst dich daran, dass du dich in meinem Haus befindest. Hast du dich vielleicht in der Tür geirrt?"

"Dein Kater wird mir den Weg zeigen, dann bin ich bald wieder draußen, Linus, wir sind doch unbescholtene Bürger, oder?" Sein Grinsen wurde noch breiter, als er versuchte Angelo mit dem Fuß zu treten, was ihm aber nicht gelang, weil der Kater ihm geschickt auswich. Angelo entdeckte jetzt, dass Flitzi die Treppe nach oben empor kam.

"Sieh an, die ganze Bande ist beisammen.", sagte Theo.

"Euer gemütliches Treffen wird jetzt ein Ende finden, weil du mir gleich mal zeigst, wo die Katzen wohnen, mein lieber Nachbar."

"Wo die Katzen wohnen? Was willst du denn von den Katzen", fragte Linus gedehnt. Er sah, dass Flitzi, gefolgt von Angelo, nach unten rannte.

Theos Pistole kam gefährlich nahe. "Vielleicht zeigst du mir mal dein beliebtes Katzenzimmer. Da könnte ja vielleicht was sein, was ich benötige. Dalli Dalli, sonst knallt´s!"

Sie waren jetzt unten angekommen, während Susan unbemerkt von den anderen die Tür öffnete, um die Polizei ins Haus zu lassen.

Inzwischen waren Linus, Theo, Flitzi und

Angelo im Katzenzimmer angekommen und Theo hielt Angelo die Pistole entgegen.

"Her mit diesem Plunderding, diesem Maskottchen, in das dieser blöde Benji was hineinstopfte, bevor ich ihm das Licht ausknipste!", brüllte Theo, "Aber Dalli Dalli!"

Angelo schoss vor und schnappte nach seinem Talisman, den er unter einem Kuscheltier am Fußboden versteckt hatte. Er nahm seine geliebte Stoffmaus ins Maul, stellte sich vor Theo hin und ließ sie vor ihm fallen."

Theo schluckte. Er hatte wohl nicht damit gerechnet, dass die Sache so schnell und gewaltlos zu Ende ging.

"Ach, da ist ja dieses dämliche Ding. Mal sehen, wie sein Inhalt aussieht." Er nahm Angelos Talisman vom Fußboden auf, und steckte seine Pistole in den Halfter, den er am Körper trug. Jetzt fummelte er in der lädierten Maus herum.

"Was ist das? Nichts drin!", schimpfte er und schmiß das Teil in Richtung Angelo.

Theo, wutentbrannt, war im Begriff, seine Waffe erneut zu zücken; doch jemand war hinter ihm. Er fühlte etwas Hartes im Rücken und erstarrte.

"Sofort Hände hoch, oder ich schieße!" , brüllte Kommissar Hiller, und Theo gehorchte ihm.

"Abführen!", brüllte Hiller.

Seine Kollegen stürzten herbei und nahmen Theo Schmidt fest.

"Ich habe meinem Nachbarn nur einen Besuch abgestattet", protestierte Theo und fixierte Linus. "Stimmt doch, oder? Wir sind doch schon immer gute Nachbarn gewesen!"

Linus schwieg, und jetzt fiel ihm ein Stein vom Herzen, als er sah, dass Theo ins

Polizeiauto einstieg.

"Nun müssen wir uns um Linda kümmern", sagte er sich, doch Susan war schon längst bei ihrer Freundin angekommen.

"Ich denke, nun können wir endlich mal ruhig schlafen",sagte Susan zufrieden und befreite Linda vom Klebeband. Linus kam dazu und Linda sagte. "Ich werde euch ewig dankbar sein."

*

"Du kannst meinetwegen bei uns schlafen.", sagte Angelo zu Flitzi, "Und ich bin dir auch nicht böse. Du kannst ja nichts dafür."

"Danke" sagte Flitzi, "aber ich habe bei eurem bösen Nachbarn ein Versteck mit einer Kuscheldecke, in dem ich sehr gut schlafen kann, weil mich da niemand entdeckt. Allerdings nehme ich das Angebot an, bei euch zu essen, denn es kommen schlechte Zeiten auf mich zu. Es schneit nämlich wieder draußen und es wird kalt in der Nacht."

Als alle fort waren, zogen Angelo und Cyndi die Wolldecke von den Miezen fort, und betrachteten die Babys. "Wenn sie erst groß sind, werden das ganz tolle Burschen.", meinte Angelo, "und ich bin so richtig stolz, dass ich so eine süße Frau habe, die mir diese kleinen Wonneproppen geschenkt hat."

"Wonneproppen? Was ist das für ein Wort", sinnierte Cyndi.

"Hab ich mal von Susan gehört. Fand ich witzig", sagte Angelo,

„Ach wie gut, dass wir in Sicherheit sind." Er schmuste Cyndi und noch lange sahen sie ihren Babys zu, die süß schlummerten.

## Das Schneeflockenfest

Draußen im Garten war alles weiß verhüllt und es schneite noch immer.

In der Küche sah Susan nach dem Braten. Der Duft nach Thymian und anderen Kräutern zog durch das ganze Haus.

Die Katzen lungerten ständig in der Küche herum und obwohl Susan ihnen frisches Futter schenkte, hatten sie nur auf das Appetit, was gerade im Backofen brutzelte.

Linus hatte seine Arbeit beendet, die daraus bestand, den Weihnachtsbaum im Wohnzimmer zu schmücken.

"Mach ihn ganz bunt. Bunt ist am Schönsten, finde ich", schlug Susan vor, und er machte alles so bunt, wie sie es gern hatte.

"Wie gut, dass wir heute bei diesem Wetter nicht fort müssen", erklärte Susan, "schließlich ist Weihnachten, und wir haben alles besorgt, was nötig ist. Ob uns

Linda mit Hildegard und Fritzchen wohl besucht? Versprochen hat sie ja, dass sie kommt."

"Mal sehen", brummte Linus. Ihm kam etwas in den Sinn, das er wegen der Arbeit fast vergessen hatte. Er wollte Susan endlich den Ring schenken, den er schon seit längerem im Nachtschrank verwahrt hielt. Heute war wohl dafür der richtige Moment, dachte er, aber irgend etwas anderes lag noch in der Luft, was Angelo betraf, denn der lief andauernd unruhig hin und her. Linus schaute nach draußen in den Garten, sah den Schnee und entdeckte die Katzen.

Sie saßen draußen vor dem Fenster und warteten. Da war Beauty, eine schöne Mieze mit langem weißem Fell, dann Flitzi, der Kater des bösen Nachbarn, der nun niemanden hatte, der ihn ernährte. Er kam regelmäßig nachmittags um 17 Uhr und

Susan stellte ihm einen großen Napf mit Futter in die Küche. Da war noch der dicke rote Rubi von nebenan. Alle saßen in Reih und Glied vor dem Fenster des Wohnzimmers und schauten hinein.

Angelo lief immer noch ungeduldig umher, bis Linus verstand. Er ging in den Flur und öffnete die Haustür. Schnee stob herein. Angelo flitzte wie der Wind hindurch und schon war er draußen bei den anderen.

"Na endlich kommst du", maulte Beauty, "wir warten schon so lange."

"Jetzt bin ich ja hier. Dafür gibt es auch noch zum Schluss eine zusätzliche Überraschung für alle.", erklärte Angelo. Er schaute durchs Fenster zum Eingang und sah genau das, was er haben wollte: Seine Susan bereitete die Überraschung vor.

"Sie nennt es "Weihnachten", aber ich

nenne es "Schneeflockenfest", erklärte Angelo, "und es ist das Fest der Freude, weil unsere süßen Babys sich so gut entwickelt haben. Ihr seid alle herzlich dazu eingeladen, bei diesem Fest viele viele Schneeflocken zu fangen, und dann und dann - ihr werdet schon sehen."

Während sich die Bande draußen mehr oder weniger belustigte, die dicken Flocken zu fangen, damit sie im Mund schmelzen konnten, hatte Susan im Flur eine Leine voll mit Wurstscheiben gespannt, die niedrig genug war, daß auch die kleinste Mieze davon naschen konnte, wenn sie es geschickt anstellte.

Gerade war sie mit der Dekoration fertig, als Lindas Auto vor dem Haus parkte.

Kaum war der Motor aus, kam Linda bepackt mit vielen Dingen.

Linus bemühte sich den Käfig von Hildegard und dem kleinen Fritzchen ins

Haus zu transportieren. Er stutzte. Da hing eine Leine mit Wurstscheiben. Das hatte Susan getan und er fand gut, was sie gemacht hatte. Er begriff, dass Hildegard und das Fritzchen nach draußen mussten, damit sie die Leckereien von der Leine nicht im Voraus naschten. So verschwanden beide ins feuchte Weiß nach draußen. Sie wurden stürmisch von den anderen begrüßt und beteiligten sich artig am Spiel.

"Aber jetzt reicht es mir", erklärte Flitzi bald darauf, "und ich würde gern ein wenig in der warmen Stube – äh in der Küche – ich habe noch nichts gegessen."

"Ja, mir langt es auch.", sagte Beauty, die sich Sorgen um ihr schönes Fell machte. Schließlich wollte ihre Dienerin noch heute ein Weihnachtsfoto von ihr machen.

"Okay. Hildegard und Fritzchen sind zwar gerade erst angekommen, aber - wir können ja Schluss machen", meinte Angelo etwas enttäuscht, "und dann geht es gleich zu uns rein."

"Ich habe sowieso keine Lust für euer blödes Spiel", sagte Hildegard schlecht gelaunt, "und von drinnen kommt so ein leckerer Geruch raus." Sie sah sich nach Fritzchen um, der total im Weiß versunken war. Sie half ihm aus einer Schneewehe heraus.

Alle rannten zum Eingang. Susan öffnete. Es gab ein großes Gerangel, weil jeder die Wurst von der Leine jagen wollte. Es war zum satt werden genug für alle vorhanden. Angelo verkündete dazu: "Jeder darf zur Feier des Tages so viel Wurst essen wie er will. Auch wenn er nicht so viele Flocken gefangen hat wie ich."

Plötzlich läuteten alle Kirchenglocken von der Innenstadt her. Es war feierlich wie immer zu Weihnachten.

Auch die Miezen bekamen ihren Teil vom Braten ab und Flitzi durfte im Haus bleiben, weil sein Brötchengeber eingekerkert war, obwohl er immerhin in seine geheime Schlafstelle umsiedeln konnte, wenn er es gewollt hätte.

Cyndi war bei den Kleinen geblieben, die längst ihre Augen zum Sehen benutzen konnten. Ihr Fell wurde seidig glänzend und sie tapsten im Raum herum und balgten sich. Da war ein kleines Mädchen, ganz schwarz mit weißen Füßen, und ein Junge, so hübsch wie Angelo, mit weißem Gesicht in dem sich einige Streifen befanden, und ein zweiter Junge, mit weißem Fell, auf dem schwarze Streifen wie eine Zeichnung zu sehen war, ähnlich einem kleinen Tiger.

Angelo konnte sich nicht satt sehen an dem wilden Treiben der Kleinen, aber Cyndi schaute nur verwundert über diese

Rasselbande, die begann, miteinander zu balgen.

"Früh übt sich...", meinte Angelo zu Flitzi, der sich zu ihm gesellt hatte. Der Abend war friedlich und entschädigte für all die Aufregungen, die es zuvor gegeben hatte.

Als es im Haus still wurde, besann sich Linus und griff in sein Nachttischfach.

"Ich wollte es dir schon längst geben", murmelte er und stellte im Radio einen Musiksender auf Schmuselautstärke ein.

Susan wunderte sich. "Was wolltest du mir denn geben?"

"Ja, ich wollte, dass wir allein sind, wenn ich..."

Sie schaute ihn erstaunt an und er fand sie wunderschön in ihrem zartrosa Negligee, mit ihren frisch gewaschenen Haaren. Sie duftete obendrein verführerisch, als hätte sie sich vorbereitet....

"Willst du mich heiraten, noch immer,

nach alldem?", fragte Linus,
"Ich kann mir keine schönere Frau vorstellen als dich." Er nahm Susans Hand und steckte ihr den goldenen Ring an, der in der Mitte einen leuchtenden Diamanten als Verzierung aufwies.
Susan hielt ihre Hand empor und lächelte.
"Das ist wunderschön", sagte sie, "und ich dachte schon, du würdest nie mehr davon anfangen."
"In letzter Zeit war eben zu viel los. Und – willst du?", fragte Linus, "Du bist immerhin schon längst ein Teil von mir geworden und wir gehören zusammen, Angelo, Cyndi und die Babys – und…
Susan verschloss ihm den Mund mit einem Kuss.
"Natürlich will ich. Wie kannst du da noch fragen."

### Ende

## Über die Autorin

Von **Hannelore Friesen** wurden im Laufe der Jahre zahlreiche Kurzgeschichten verschiedener Genre veröffentlicht, bis 2008 ihr erster Roman
**Die Brücke nach Drüben**  erschien.
**Frühling im Jenseits**  folgte.
Der Katzenkrimi
**Angelos geheime Wege auf Mallorca**  heißt ihr dritter Roman.
Weitere Romane:
**Mirandas grüner Traum**
**Chantals Erben**


Hannelore Friesen lebt seit Jahren mit ihrer Familie und ihren 2 Katzen in Wolfenbüttel.

# Inhalt